Colección **Literatura Incendiaria**

Título: *Entre rejas y otros episodios antiautoritarios*
Textos: *Emilio Peroti*

Fotografías de portada: *Elena Pedrosa*
Dibujo de portada: *Fulu (símbolo mágico taoísta de protección), Daoist Foundation*
Diseño de cubierta: *Elena Pedrosa / Ediciones Fantasma*
Corrección y maquetación: *Jose A. Miranda / Ediciones Fantasma*
Málaga, noviembre 2024

Impreso por: *Podiprint*
ISBN: 978-84-128342-1-5
Depósito legal: MA 2500-2024

Ediciones FANTASMA
edicionesfantasma.com
edicionesfantasma@gmail.com

ENTRE REJAS

y otros episodios antiautoritarios

Emilio Peroti

FANTASMA
EDICIONES Y DISTRIBUCIONES

A mi abuela, que ha dedicado su vida a los demás, mostrándonos a cada instante el camino del amor y la entrega desinteresados.

Y a mi abuelo, ejemplo de humilde integridad, inteligencia viva y no dogmática y amor por el trabajo bien hecho.

Gracias por alimentar en mí las virtudes que me han permitido construir estos relatos.

ENTRE REJAS

DÍA 1

DECLARACIÓN DE HUELGA

Los principales sindicatos del país han anunciado para mañana viernes el inicio de una huelga general indefinida de ámbito estatal contra «la represión indiscriminada y asesina» que ya ha provocado la muerte de algunos conductores en las barricadas de acceso a la capital. También exigen la liberación inmediata de los detenidos en los disturbios, el fin de los recortes en sanidad y educación y la concesión de ayudas para combustible a los transportistas, motivo inicial de las protestas.

Por otro lado, los grupos más radicales se han unido a la convocatoria, pero sin establecer exigencias. Según el portavoz de la autodenominada Confederación de Asambleas Ibéricas, «Nuestro objetivo es simple: paralizar el país hasta lograr la revolución social. No permitiremos la vuelta al trabajo hasta que se derrumben las estructuras de poder existentes». CCOO y UGT se han apresurado a desmarcarse de las intenciones sediciosas de los confederados, mientras que el general de división Arturo Mangual ha asegurado que «se mantendrá la estabilidad del Estado, a sangre y fuego si hace falta». Estas declaraciones han causado a su vez una oleada de críticas y apoyos a uno y otro lado del arco parlamentario en una escalada verbal que anticipa una huelga dura y enquistada.

Todo comenzó hace diez días, cuando los sindicatos de transporte convocaron bloqueos en las principales vías de acceso a Madrid para oponerse al alto precio del combustible. Debido a los graves problemas de desabastecimiento que amenazaban con poner en peligro a la población, el Estado decidió responder con dureza y rapidez al desafío de los piquetes. El envío de contingentes militares para apoyar a los antidisturbios consiguió restablecer el tráfico en cuatro de las seis principales arterias de entrada a la capital (solo la A6 y la A4 continúan bloqueadas a día de hoy), pero, en cambio, han provocado un número indeterminado de muertos —cuatro reconocidos por el Gobierno y doce según los portavoces sindicales.

Por otra parte, el entierro del agente Domínguez Aro, muerto a manos de los piquetes en los disturbios que ayer asolaron la ciudad, amenaza con ser una nueva fuente de conflicto, dado que numerosos grupos de ultraderecha han convocado una manifestación de repulsa que ya ha sido autorizada por la alcaldía de Madrid, y que prevé avanzar desde la Puerta del Sol hasta el barrio de Lavapiés, lugar donde el agente perdió la vida y, a su vez, uno de los epicentros de los movimientos más radicales de la capital.

La calle estaba desierta y Picas, bajo la sombra de los balcones, esperaba paciente. Debajo de la chaqueta, sujeta por el cinto, tenía su Colt. No había motivo aparente para llevarlo, pero prefería no ir desarmado. Miró el reloj: las dos y media, la hora convenida. Los negocios estaban cerrados y el sol lo deslumbraba después de tres días de penumbras y lluvia. ¿Llegaría el Moreno a la cita? Hacía casi un año que no lo veía, desde el golpe a la Caja Rural de Villafranca Las Lavanderas. «Está algo mayor para esto», pensó. El Moreno debía de rondar los cuarenta y cinco años, quizá más. Pero era una apuesta segura. Era un veterano y una persona de confianza, de esos que no cantan en comisaría así los maten. Recordó cuando, hacía algunos años, lo hirieron y lo enchironaron. Nunca habló de los compañeros, y por eso se tragó íntegros cuatro años de condena por asalto a mano armada y resistencia a la autoridad.

Sacó un cigarro y vio cómo dos personas habían doblado la esquina y se acercaban a él a paso rápido. Encendió el fiti y observó la desgarbada figura del Moreno con su chupado rostro semioculto por las solapas del abrigo. A su acompañante no lo conocía. Era un veinteañero de aspecto triste, pero sus ojos le gustaron porque reflejaban una gran determinación sin parecer desesperado. Cuando llegaron hasta él, el Moreno levantó las cejas y dijo:

—¿Y ahora qué?

—¿Quién es él? —preguntó Picas.

El Moreno miró al joven un segundo.

—Rafa —respondió, y se estrecharon las manos; apretón firme, una ligera inclinación de cabeza y una mirada algo intimidada. Bien—. Vendrá con nosotros, es de confianza. Rodri no puede, tiene otros planes.

Bueno, si el Moreno confiaba en él, no había más que hablar. Los tres fueron hacia el coche pasando inadvertidos entre los pocos peatones de las calles. Picas hubiera preferido a Rodri, pero no volvió a pensar más en ello. Había mucho trabajo por hacer.

Había alquilado un segundo piso en General Moscón, frente al objetivo: una sucursal de Caja Vetusta. Se podía aparcar en doble fila con facilidad, ya que no había mucho tráfico. La calle era de dos carriles y doble sentido y a dos manzanas de allí podían internarse en el barrio de San Julián para que se perdiera su rastro. Después huirían a un refugio, una casita de campo, a pocos kilómetros de la ciudad. El plan, como era habitual, era encerrarse después del golpe hasta que dejaran de buscarlos.

Vivieron una semana en el apartamento para vigilar los movimientos de entrada y salida, el número de guardias, la frecuencia de paso de coches patrulla, el número de clientes según las horas… Solo Rafa pisaba la calle, ya que no tenía antecedentes ni lo buscaban. Los otros no debían dejarse ver salvo que fuera muy necesario. Una tarde en que Rafa había ido a comprar comida, tabaco y una botella de ron por encargo del viejo Moreno, este sacó la conversación del coche.

—Oye, tu coche es un zaleo. Necesitamos algo más potente.

Picas, que observaba la calle tapado por las cortinas, estaba fumando un cigarro dejando caer la ceniza al suelo.

—Bueno, pues habrá que buscar otro.

El Moreno se entretenía en hacer un solitario en la mesilla, con el brasero encendido.

—Tú no puedes arriesgarte. ¿Rafa sabe levantar coches?

—Pregúntaselo a él.

—Si no tiene experiencia puede causarnos problemas.

—Ya ha dado algún palo; algo sabe, hombre. Antes no eras tan mirado para estas cosas. Tienes miedo —aseguró con una media sonrisa y levantando la mirada.

—Este es mi último golpe. Después de esto me retiro.

—Irene te espera, ¿eh? —dijo, chistoso. Luego volvió a su solitario—. No será el último, Picas. No sabes hacer otra cosa. Igual que yo. Solo podemos morir a plomo.

—¿Cómo están Vanessa y el niño?

Bufó por toda respuesta.

Había tocado un punto caliente. Hacía muchos años que no veía a su familia. No debía haber dicho nada. Si quería morir a plomo, era su problema. Picas contempló al viejo con algo de lástima. Ya no sabía dejar esto, empezar de nuevo. Lo intentó una vez y fracasó. Pero él sí podría.

—Este es mi último atraco —repitió en alto. El Moreno no dijo nada, solo rio entre dientes.

Pasaron unos segundos en silencio. Picas, molesto, apagó su cigarro con la suela y encendió otro. En la calle, la gente cruzaba frente a la ventana uno tras otro, bien vestidos, con gestos diferentes. Él los notaba altivos, despreocupados. Sin saber por qué, odiaba a la clase media. Los veía con una vida hecha, con seguridad, sin miedos, sin problemas con la ley, sin un pasado oscuro… Él, después del atraco a la farmacia a los diecisiete años, estaba condenado a mirar constantemente hacia atrás, a dar varias vueltas en las rotondas por si le seguían, a cambiar de acera al ver policías, viendo chotas por todos lados… Suspiró.

—¿De dónde has sacado a Rafa?

—Es de los Ascasos.

—¿Quiénes son esos?

—Confederales.

Observó el capullo encendido de su cigarro. No entendía de política, pero no creía que todas las manifestaciones y asambleas fueran a conseguir nada. Desde que se había declarado la huelga general indefinida, toda esa multitud en las calles desafiando a las fuerzas del orden un día sí y otro también les convenía, porque tenía a la pasma desbordada. Pero los idealistas solían ser imprevisibles.

—Nos puede dar problemas. No me gusta eso. Se le puede ir la cabeza.

—Tranquilo, hombre. Yo he trabajado una vez con él y me han hablado bien. Es de fiar, de los que no rajan en comisaría.

—Eso no se sabe hasta que no lo cojan.

—Ya —cedió—. Bueno, pues esta noche vais los dos a por otro coche.

—A ver cómo se porta el chico.

Estaba molesto por cómo iban saliendo las cosas.

Picas apartó el plástico de la ventanilla y Rafa, con una fina varilla curvada en el extremo, hurgó hasta que encontró el pestillo. Tiró para arriba y la puerta se desbloqueó. Efectivamente, el chaval sabía, pero el puente prefirió hacerlo él. En poco tiempo el motor estaba en marcha. El joven se puso al volante. Lo aparcarían en alguna calle discreta del barrio. No había tiempo ni lugar para cambiar la matrícula, ya que pasado mañana era el día elegido para el golpe: un sábado, el tercer día del mes, con la caja llena de salarios. Lo harían en el momento de la apertura.

—¿Cuánto calculas que sacaremos? —le preguntó mientras doblaba una esquina buscando aparcamiento.

—¿En total? Quizá unos ochenta mil. Esto es una ciudad, no un pueblecito. Más arriesgado, pero más botín.

—Casi treinta mil para cada uno.

—Quizá más, quizá menos.

Le gustaba el interés del muchacho. El dinero vuelve a la gente más valiente a la hora del jaleo, y eso era bueno—. Y tú, ¿qué piensas hacer cuando seas rico?

—El dinero no es para mí.

—¿Entonces?

—Pues que no es para mí —respondió molesto.

—Bueno, hombre, solo es una pregunta, no quiero meterme donde no me llaman.

—Además, odio a los ricos.

Pasaron unos segundos en un silencio incómodo. Al fin encontraron un hueco libre entre una furgoneta y un turismo.

Rafa buscó un sitio estrecho a propósito para tener las matrículas más o menos ocultas, un detalle que agradó a Picas.

—¿Y tú, que piensas hacer con el dinero? —le devolvió la pregunta cuando volvían andando al apartamento.

—Me iré al campo. Me compraré una casita en un lugar apartado y viviré tranquilo. Este es mi último trabajo, chico.

—Es un bonito plan. Empezar una vida nueva, tener hijos. Eso me gustaría.

A Picas le parecía demasiado joven para pensar en eso, pero no dijo nada. Conocía algo la ciudad, pero nunca había estado por esa zona. Tardaron quince minutos en llegar al piso. En el camino de vuelta apenas hablaron, y pensó en Irene. Ella lo esperaba desde hacía un año. Ya le había prometido dos veces que sería el atraco definitivo, pero en ninguna de las ocasiones le pareció suficiente dinero para los planes que tenían. Y para él era muy fácil gastar, extremadamente fácil, sobre todo con un nuevo palo a la vista. Cuando estás a punto de jugarte todo lo que te importa en cinco minutos, la pasta desaparece de las manos. Pero eso se acabó. Le había prometido que, aunque no sacara nada, lo dejaría. Lo único que le importaba era ella, eso lo tenía muy claro. A él no le importaba vivir así, en la cuerda floja, como decía ella, pero no quería hacerle daño. Era lo único bueno que había tenido en la vida, lo único que valía lo suficiente como para tener valor para dejar esto.

Cuando llegaron a casa encontraron al Moreno borracho. Había acabado la botella de ron y estaba lanzando su puñal a la puerta del servicio. La mesilla tenía el brasero encendido y la falda levantada, y el balcón estaba entornado dejando entrar el gélido aire invernal.

—¿De dónde has sacado eso? —señaló una botella de tequila casi sin empezar tirada en el suelo. No tenía que haber salido a la calle.

El Moreno lo miró sonriente, hizo el gesto de lanzarle el puñal y se echó a reír. Picas no se sobresaltó, sino que cerró el balcón. Rafa, que observaba la escena desde la puerta, cogió la botella de tequila y se sentó en el brasero a beber.

—Espero que no hayas hecho ruido.

—¡Puesh claro que no! ¿Por quién me tomash?

Se había emborrachado varias veces con él y recordaba sus sonoras carcajadas cuando estaba embriagado por el alcohol. «Hay que reconocer que el viejo controla», se dijo para sí, viéndolo lanzar el puñal en silencio.

—¿Qué tal ha ido? —les preguntó.

—Bien, hombre, bien. Esperemos que no te dure la resaca hasta el sábado.

El Moreno se echó a reír alegre.

—¡Eshtaría bueno!

El día siguiente, la víspera del atraco, lo pasaron en casa repasando todos los detalles y preparando las maletas de cada uno con sus objetos personales. Picas tenía una bolsa grande con dos compartimentos principales. Metió las cosas de aseo y la poca ropa que tenía en uno: en el otro introduciría la pasta.

Rafa tenía una mochila de senderismo. Dibujó en el asa con mucho cuidado un velero de dos palos.

—¿Y eso? —dijo Moreno.

—Es el logo de un bar —respondió Picas, que reconocía el rótulo de una de las tascas más conocidas de la ciudad.

—¡Sí! —confesó Rafa con cara traviesa.

No le preguntaron más. A pesar de que ponían buen rock and roll Picas nunca iba por allí porque era un lugar de reunión habitual de confederales y seguramente estaría lleno de chotas. También engrasaron las armas. Él tenía su Colt y bastante munición. Era más para hacer ruido que para matar a nadie. Rafa había llevado una Beretta. El Moreno, su recortada; fue el primer arma que consiguió después de su salida de prisión, y le tenía un cariño especial. El chico pasó el día leyendo varios periódicos, pero solo las noticias que hablaban de la huelga. Por lo visto, el gobierno había aprobado que trabajadores sustituyeran a los huelguistas en puntos estratégicos. Cada poco mascullaba cosas como «esquiroles de mierda», y era tal el odio que transmitían sus palabras que los otros dos reían y reían, con esa risa nerviosa del día previo a la acción.

—Vosotros no lo entendéis. Debe ganarse a toda costa.

—Pero bueno, ¿a ti qué te va en todo eso? —Picas contuvo la sonrisa que aún conservaba de oreja a oreja, intentando que las carcajadas del Moreno no se le contagiaran.

—¡Todo! Nos lo jugamos todo. La huelga es para que dimita el gobierno y se retiren los recortes en sanidad y educación. ¡Son unos asesinos! Vosotros es que sois unos pasotas.

—Vives de fantasías —respondió el Moreno como quien da una lección a un niño.

—¿Y tú crees que el siguiente gobierno lo hará mejor? —le dijo Picas.

—Pues no, ya sé que son todos iguales, pero es cuestión

de tumbar los recortes, de que el pueblo no se deje pisotear. Si ganamos, la gente creerá en sí misma, y quizá dentro de poco podamos tumbar para siempre al Estado.

—Ah, tú eres de los radicales asamblearios. Crees que se puede vivir sin gobierno —se burló el viejo.

—¡Claro que sí!

Picas no quería que la discusión acabara mal. Levantó las manos y dijo en tono apaciguador:

—Tranquilos, no discutamos, tenemos que estar unidos o si no, mañana saldrán las cosas mal.

—Eso digo yo —dijo Rafa enarbolando el periódico—. Estar unidos, pero estar unidos todos, ¡todos!, no solo la banda, sino todo el pueblo. A esos esquiroles habría que darles una paliza…

Mientras el chico seguía mascullando por lo bajo, Picas hizo un gesto al Moreno de que parara; este le devolvió una mirada cómplice y empezó a canturrear "porque todo lo que piensas tu, son ilusionees". Por fortuna el chico no se dio por aludido.

El resto del día estuvieron sumidos en sus pensamientos, cada uno en una habitación, como el soldado el día antes de la batalla.

Cuando el primer empleado dobló la esquina, Picas fumaba muy cerca de la puerta y el Moreno aparentaba leer un periódico en la otra acera. A las siete y cincuenta y seis el trabajador abrió la puerta. Picas pasó detrás de él. Le dijo que no podía entrar aún, pero enmudeció al ver la pistola apuntándole. Los dos pasaron adentro y el Moreno cruzó la calle colocándose en el mismo lugar que antes ocupara Picas. El primer empleado solía encender las luces y preparar el local para su apertura, pero ese día estaba sentado, atado y amordazado. Ahora tenían que esperar unos minutos hasta la llegada del vigilante y del director, que conocía la clave de la caja fuerte. Eligieron esa hora porque solo se podía abrir dos veces al día: al inicio y al final de la jornada. Rafa daba vueltas a la manzana con el coche robado. Enfiló la calle y al ver al Moreno al lado de la puerta, comprendió que ya había empezado la acción. Paró en doble fila. Pasaron un par de minutos y varios coches lo pitaron. El Moreno le hizo un leve gesto y siguió la marcha. En esos momentos, el guardia jurado y el director de la sucursal se acercaban hablando hacia el banco. El Moreno acarició la culata de la recortada que escondía bajo su gabardina gris. Picas estaba oculto de modo que no se le viera desde fuera por los ventanales. No se olieron nada. Cuando entraron, Moreno se coló tras ellos. Picas encañonó al director. El vigilante no pudo desenfundar, ya que una mano agarraba su cartuchera y notaba la siniestra presión de un cañón a la altura de los riñones. El Moreno encadenó al guardia con sus propias esposas, lo amordazó y tiró su pistola al fondo de la sala.

Tuvo que golpear al director, pero este tampoco se resistió mucho y enseguida abrió la caja. «El dinero no lo pierde él», pensó. Lo metieron todo en la bolsa. Había mucho menos de lo esperado. ¿No habían llegado las nóminas? Obligaron a los tres a entrar en la caja fuerte y la cerraron. Ocultaron las armas, salieron a la calle, cerraron el local con las llaves del empleado. No habían tardado más de ocho minutos. Y el coche no estaba allí.

—¿Cuánto tarda en dar una vuelta? —masculló el viejo.

Tras lo que les pareció una eternidad apareció Rafa al volante del Renault, paró a su lado y los dos montaron. A la vez empezaron a sonar las sirenas de algún coche patrulla a lo lejos. Arrancó y se dirigió al barrio de San Julián.

—¡Mierda! ¿Habrá dado alguien la alarma? —dijo el Moreno.

—¿Será por nosotros? —preguntó Picas mirando para atrás.

Rafa pisó el acelerador, pero no demasiado. El viejo se quitó los guantes y los metió en la bolsa del dinero. Picas observó el gesto y lo imitó. Encendió un cigarro.

—¡El tabaco te va a matar! —rio el Moreno mirándole.

Vieron al final de la calle un coche patrulla avanzando lentamente en dirección contraria. El coche se detuvo y un madero bajó y caminó hacia ellos moviendo los brazos de arriba abajo.

—¿Paro? —preguntó el chico.

—Acércate despacio —le dijo el Moreno bajando la ventanilla de atrás.

A su altura, el policía, con la mano en la cartuchera, se agachó para hablar con el conductor, pero desde el asiento de atrás la recortada lo hizo saltar hacia la acera, tumbándolo. La siniestra detonación resonó entre los edificios con fuerza.

Rafa aceleró y tras ellos sonaron los disparos del compañero. Los cristales traseros se hicieron añicos. Picas abrió fuego desde su ventana una, dos, tres veces, con su cigarro en la boca. Doblaron la esquina a toda velocidad.

—¡Hay que dejar el coche! —gritó Rafa con pánico.

Picas se dio cuenta de que el Moreno sangraba por la cabeza a borbotones y vio cómo, sin mediar palabra, se desplomaba sobre el respaldo del asiento delantero.

—¡Mierda! —gritó varias veces.

—¿Qué? —dijo el chico asustándose aún más.

Él no respondió.

Las sirenas sonaban por todas partes. En una pequeña calle de un solo carril, Rafa paró el coche dejándolo medio cruzado en la salida de un aparcamiento. Al salir, vio el cuerpo sin vida del Moreno. Lo zarandeó para que le prestara atención. No tenían tiempo para repartir el dinero, y él tenía la bolsa.

—¡Escúchame! Mañana, en la puerta del hotel Princesa a las siete de la tarde.

El chico subió y bajó su cara granuda con los ojos abiertos de par en par y partió a paso rápido por la acera. Picas anduvo más tranquilo en dirección contraria, aunque el corazón le latía a mil por hora. Se cambió de lado la bolsa para secarse el sudor de la mano. A su lado pasaron dos coches patrulla a toda velocidad. Comprobó con manos temblorosas que no estaba manchado de sangre, relajó su respiración unos segundos y entró en un hostal de la calle Mayor.

SANGRIENTO ATRACO EN GENERAL MOSCÓN

A las ocho de la mañana de ayer dos desconocidos asaltaron la sucursal de Caja Vetusta situada en la calle General Moscón, obligando al director, J. P. G., a abrir la caja, encerrándolo luego dentro de ella junto con el empleado y el vigilante. Un tercer delincuente los esperaba en un coche robado un día antes, en el que se dieron a la fuga. Un vecino alertó de movimientos extraños en el banco y la policía nacional, al confirmarse el atraco, establecieron un amplio cerco en las calles cercanas. Los fugitivos causaron un tiroteo en el que cayó muerto el agente E. I. V., que recibirá sepultura esta misma tarde. Poco después se encontró en los alrededores el automóvil abandonado con el cadáver de uno de los atracadores. Se trata de Francisco Cabrera de la Torre, alias el Moreno, expresidiario autor de treinta y ocho asaltos armados y de al menos tres asesinatos en circunstancias parecidas, y que un mes antes había cumplido los cincuenta años. Se desconoce la identidad de sus dos cómplices, pero...

Picas terminó de leer el artículo y miró a su alrededor. Estaba junto a unas cabinas al lado del hotel Princesa. A pesar de su nombre, era un hotelucho de dos estrellas en un barrio obrero de la ciudad. Apenas había podido dormir en toda la noche pensando en la muerte del Moreno. Era un gran compañero. En poca gente podía confiar tanto como en él. El viejo había muerto como quería, a plomo. Su parte del botín se la daría a su familia, dijera lo que dijera Rafa. En ese momento se paró a su lado el muchacho, también con ojeras. Lo vio asustado, su cara parecía gritar al mundo que ocultaba algo. Allá él. Le explicó lo que había decidido hacer con la parte del Moreno y el otro no lo discutió, le parecía bien. «Tiene corazón», pensó, «o es demasiado ingenuo».

—¿Cuánto cada parte? —preguntó.

—Casi siete mil, no había casi nada en la caja.

Rafa lo miró incrédulo.

—Es verdad.

El chico al fin puso cara de indiferencia. Parecía demasiado atemorizado como para discutir por eso.

—Al venir aquí —le dijo antes de despedirse—, el taxista me exigió cien pavos.

—¿Qué?

—Vio mi arma.

—Y se los diste —respondió asombrado.

—Claro.

—Haberle disparado, joder.

—Lo pensé. Yo me hubiera ido y ya está, pero tú estabas aquí y te podían haber cogido. Además una vida no vale cien pavos, joder. Oye, yo no voy al refugio, me piro por otro lado.

Picas le dio la bolsa que contenía su parte.

—Buena suerte, chico.

—Salud. —Y se separaron por mucho tiempo.

LA HUELGA SALVAJE BLOQUEA PUNTOS CLAVE

Aunque el 50% de los pequeños negocios y todas las grandes superficies han vuelto a la normalidad gracias al apoyo de muchos patriotas, continúa el desabastecimiento debido al bloqueo de puntos clave de la ciudad. Los piquetes, mediante sabotajes y violencia, han impedido que se reestablezca el servicio ferroviario y han retenido a numerosos camioneros. El ministro del Interior ha afirmado rotundamente que el Gobierno jamás cederá al chantaje del movimiento confederal y ha llamado a la calma asegurando que si llegara a escasear la gasolina, movilizará al ejército. La policía ha disuelto las barricadas en los puentes de acceso a...

Picas arrojó el periódico a la parte de atrás y se concentró en la carretera. En la prensa no había nada sobre Rafa y se alegró por él. En poco tiempo llegaría al desvío, un camino de tierra rodeado de pinos que terminaba en el refugio. A su lado tenía un paquete con la parte del Moreno a nombre de su exmujer. En cuanto pudiera moverse lo enviaría y se alejaría de Vetusta, quizá iría a la capital. Si tenía suerte, la policía pronto olvidaría el asunto; la huelga general seguía en marcha y eso le convenía. Tendría tiempo para decidir si dar otro golpe. Siete mil no daban para mucho y su chica merecía una vida digna.

A los pocos kilómetros, en un cambio de rasante, Se encontró con el control de la guardia civil. ¡Mierda! Pensó retroceder, pero ya lo habían visto. Como tenían varios coches retenidos, dejaban pasar a los que iban llegando. Decidió continuar y poner cara de póker. A medida que se acercaba observó las ametralladoras en ristre y también un coche más lejos, preparado para bloquear al que se atreviera a saltarse el control. Le hicieron el gesto de parar. Por un momento, llevó la mano a la guantera, donde tenía la Colt. Luego, la imagen de Irene le hizo retirarla. Redujo velocidad y se detuvo junto a dos guardias.

Menos de un minuto después estaba esposado, con el rostro sobre el asfalto.

DÍA 17

Picas fue interrogado durante horas en comisaría, primero por los guardias civiles y luego por agentes llegados de la capital. Le dijeron mentiras para que hablara, le pegaron y le pusieron una bolsa en la cabeza hasta casi ahogarlo, pero solo contó lo mínimo, lo que le implicaba a él y lo que sabía del Moreno: el pobre ya no tenía nada que perder. Querían que reconociera que formaban un comando autónomo para financiar a los huelguistas, pero lo negó siempre, pese a los puñetazos y a las veces que le metieron la cabeza en la bañera. A pesar de que nunca había sido detenido por algo realmente chungo, sabía bien que al principio era muy duro, pero si pasaba las primeras horas sin decir palabra luego no se comería marrones gordos. Era cuestión de aguantar todas las putadas para luego no tragarse demasiados años. Cuando ya estaba casi que se dormía de pie, vomitó algo de sangre y alguien ordenó que se lo llevaran. Le habían jodido todo lo posible, pero no había firmado nada que lo implicara con movidas políticas, y en ese pensamiento se consolaba. Pasó la noche en una celda de la comisaría y al día siguiente lo metieron en un furgón pequeño. Viajó solo con dos guardias civiles, en completo silencio. Cuando lo bajaron del "canguro" era noche cerrada y fría. Sintió un escalofrío y vio sobre un muro en letras plateadas «Penal de Puerto III». Así que lo habían enviado a El Puerto de Santa María. Era la primera vez que entraba en prisión, y aunque Moreno y otros amigos le habían contado mil cosas, sintió cómo su corazón se aceleraba de miedo. «Así es la vida», se decía para consolarse, y se preguntaba cuándo le dejarían comunicarse con Irene. Los recibió un funcionario de muy mala leche, seguro que por tener que trabajar a esas horas. Por unos segundos se quedó tan bloqueado que lo empujaron para que siguiera avanzando. En la puerta le cambiaron las esposas y lo metieron en el edificio, ya en manos de carceleros. Lo pusieron enfrente de un ventanuco donde un funcionario lo miró medio segundo para continuar leyendo algo.

—Estás a la espera de juicio, pero no vas al módulo de preventivos porque está lleno de huelguistas. Irás al de presos gubernamentales.

¡Lo metían con los políticos! No le hacía gracia porque así lo estaban prejuzgando. Había insistido en que no tenía que ver con los confederales, pero lo metían con ellos. Quizá eso influyera para que en el juicio le pudieran colocar el marrón de ser un comando autónomo y no un simple atracador.

—Perdone, pero yo no soy un preso político. No entiendo…

—Tú te callas y haces lo que se te mande —le cortó levantando la vista con un brillo amenazador.

«En fin, las cosas son como son», pensó. Le tomaron las huellas digitales y le hicieron entrar en una habitación con tres carceleros con porras y esposas.

—Desnúdese por completo.

Así lo hizo, y registraron sus ropas de arriba abajo.

—Haga flexiones en cuclillas.

No se movió. Sabía que obligaban a hacerlo cuando sospechaban que alguien podía tener algo escondido en el culo, y él no llevaba nada, pero se sentía paralizado. ¡Demasiado mal se sentía en bolas delante de esos tres!

—¡A qué espera, vamos!

Obedeció enrojeciendo de humillación, y después de un tiempo interminable levantándose y volviéndose a agachar dejaron que se vistiera. Tras avanzar por varios pasillos en completo silencio y traspasar varias verjas, lo llevaron a una celda de aislamiento y le avisaron de que «por ahora» estaba sin patio ni comunicación. «El procedimiento habitual», le dijeron, pero Picas se sintió desvalido aquella noche, más que nunca en su vida. Tenía un mugriento colchón sobre una cama metálica sujeta al suelo como toda compañía. En el habitáculo había también un lavabo insertado en la pared y un retrete turco, de esos a ras del suelo. El silencio era total. A través de los barrotes podía contemplar un pequeño patio vacío, iluminado por farolas. Tardó mucho tiempo en dormirse.

Al día siguiente, el sol entraba en la celda y se despertó con el agradable canto de los pájaros. Esa sensación de bienestar desapareció al darse cuenta de dónde estaba. Al poco tiempo entraron dos carceleros y le dejaron una fregona, un cubo y una escoba.

—Si quiere ducharse, luego puede bajar —dijo el vigilante del turno de mañana, que parecía simpático o, al menos, dispuesto a hablar.

Pero solo lo sacaron de aislamiento dos días después. Los guardias se movían confusos y parecían no saber bien dónde llevarlo; a su alrededor se veía bastante ajetreo. Pararon delante de una celda y Picas tragó saliva mientras corrían el cerrojo. Allí encontró dos personas leyendo en sus camas, que lo miraron de lo más tranquilas. A él le pusieron un colchón en el suelo, cerca del tigre, pero los dos presos recriminaron a los guardias, algo que lo dejó mudo de asombro.

—Joder, tío, es que nos tenéis masificaos —dijo uno de ellos, con varios huecos entre los dientes.

—No dejéis entrar a más, coño, que es vuestra propia ley —dijo el otro.

—¡Callaos o me lio a ostias! —gritó el jefe de los boqueras.

Pero, cuando se fueron, los compañeros de chavolo le dijeron que le turnarían el sitio, que no iba a dormir siempre así, casi en el retrete. Él lo agradeció sinceramente y por un segundo sintió ganas de llorar. Se mordió la lengua y se contuvo, pero uno de ellos, al que le faltaban algunos dientes, le dijo:

—¿Es tu primera vez? Tú tranquilo, que aquí todos somos compañeros.

Sus amigos habían pasado temporadas entre pesos comunes y le habían contado que a veces había hasta puñaladas por los mejores sitios de las celdas, así que jamás habría esperado algo parecido. Había tenido mucha suerte. No había ningún sacamantecas, desde luego; eran presos políticos y eso «se notaba», pensó. Luego, cuando salieron al patio del módulo, todos lo rodearon. Enseguida comprendió qué pasaba: sabían que había entrado por el atraco y algunos le preguntaron por Rafa. Respondió a las preguntas con evasivas; no quería que supieran que él no era confederal. El hombre al que le faltaban algunos dientes no se separó de él. Lo llamaban el Lenteja y lo trataban con respeto, aunque era muy diferente de los otros. Parecía un obrero de la construcción, alguien de barrio. Desde luego, era la persona más alegre y acogedora que jamás había conocido. No pudo evitar sincerarse con él.

—Mira, yo no soy nada político, solo un simple atracador.

—¡A mí me pasó lo mismo! Pero estos —dijo haciendo un gesto al grupo de confederales, sentados juntos— están aquí solo por sus ideas, ¿entiendes? Y te acogen bien. Si no eres un cabrón, claro.

—¿Y tú por qué entraste? —preguntó con curiosidad.

Hizo un gesto ambiguo, de desinterés.

—Escucha —dijo cambiando de tema—, el economato lo controlamos los confederales, y tú te vienes con nosotros, que pa eso te han trincao con uno de los nuestros —decía refiriéndose a Rafa—. Antes todo estaba muy tranquilo, pero ahora esto está abarrotado, somos diez veces más presos desde que empezó la huelga —afirmó, y Picas pensó que exageraba.

Pronto se dio cuenta de que el Lenteja era un tío reconocido, respetado entre políticos y comunes, y eso era mucho decir en el talego. Un día, estando solos en un rincón del patio, se le sinceró. Había entrado por el robo a una joyería y ya debería estar fuera, pero había matado a un hombre en prisión. «Son cosas que pasan», le dijo, como si el asesinato fuera obra de la casualidad y no de su mano. Picas imaginó que podía ser así; si te provocan y no te defiendes estás jodido. El Lenteja le contó que sacó el puñal para asustarlo, pero el otro se le abalanzó y el pincho le atravesó el corazón. Calló y asintió, preguntándose qué habría pasado en realidad. Lo cierto es que se había comido doce años más de condena y todavía le quedaban seis para salir. En la cárcel se había hecho confederal, había pasado varios años en aislamiento por rebelarse contra los carceleros y era un quebradero de cabeza para el director, o eso presumía él.

Aunque la prensa y la televisión estaban prohibidas, las noticias se filtraban y dentro las conversaciones estaban muy calientes, tanto en el patio como en el mismo chavolo, porque ni el gobierno pensaba en dimitir o retirar los recortes ni la huelga general aflojaba. Las barricadas y los disturbios se sucedían día sí día no en las calles y los piquetes detenidos eran sustituidos por otros. Así, los días pasaron muy deprisa, sin tener siquiera fecha para el juicio, en un ambiente tenso que parecía el anticipo de la tormenta. Todos afirmaban que algo gordo iba a suceder muy pronto, pero nadie sabía el qué.

El Cerebro, el despacho central lujosamente adornado, solo acogía a dos hombres vestidos con corbata y de negro:

el presidente del Gobierno español y el ministro del Interior. El ambiente era tenso en el vigésimo día de la huelga indefinida.

—Detenemos a los piquetes, pero enseguida aparecen otros y luego otros. Hoy se han sumado varios sindicatos del transporte y el de mineros del norte. Anteayer secundaba la huelga solo el veinte por ciento, pero después de la muerte de ese abuelo en la manifestación, calculamos que el paro vuelve a ser mayoritario. Los disturbios son diarios y sin poder usar armamento real... La cosa no tiene pinta de aflojar —dijo el ministro.

—No se preocupe, las huelgas generales se vencen por hambre. ¡Ya verá dentro de una semana o dos, cuando no tengan que comer! Ahí les proponemos una pequeña cesión, una salida digna, quizá también libertad para los presos, y vuelve al trabajo todo dios.

—Pero esto no ha acabado. Las familias en huelga con hijos los envían a otras familias desahogadas para que los mantengan. Las asambleas de barrio hacen comidas populares en las plazas para que nadie se quede sin comer. Además, nuestros agentes infiltrados nos informan de que han recibido grandes sumas de dinero. Creemos que proviene de varios atracos en diferentes sitios, las cantidades coinciden, aunque existe un secreto total sobre el tema y nuestros agentes no han podido averiguar más.

—¡Si el dinero de los bancos acaba en las huelguistas, nos ganan! Esto es una carrera de desgaste y no podemos permitir que reciban balones de oxígeno, de ningún tipo. Debe desarticular esos comandos autónomos como sea.

—No se preocupe, es un brote controlado. Hemos detenido hace unas horas al último fugado del atraco en Vetusta. En su bolsa llevaba varios panfletos confederales. Lo hemos llevado al centro especial. Con la información que le saquemos podremos dar con los otros grupos.

—Eso espero, ¡efectividad! Efectividad o nos vamos a la calle. Los de arriba me han insinuado que valoran la posibilidad de derrocar al rey, de instaurar la República, en caso de que la cosa se alargue.

—¡Dios mío!

—No sea ingenuo, es solo un lavado de cara, ya sabe: que todo cambie para que todo siga igual. Pero en ese lavado de cara usted y yo nos vamos a la calle, ¿entiende? Así que dele duro a esos detenidos. Y no tema detener al menor sospechoso. ¡Duro con los piquetes! Hay que acabar con esto como sea.

—Sí, señor. Por cierto, hoy ha llegado el agente especial.

—Ah, ¿por fin nos han enviado al experto?

—Así es, recién venido de Guantánamo. El mayor experto en tortura y psicoanálisis de la CIA, el doctor Coudo. Promete ser capaz de crear un espía perfecto, infalible, si le damos un espécimen extraído de entre los radicales.

—Muy bien, entréguele el último atracador. Y cédale un ala del centro especial para sus actividades. Cubra todos sus gastos, dele lo que pida. Quizá sea verdad que puede infiltrar un agente perfecto.

—Sí, señor, así se hará.

Estimado ministro del Interior:

Le escribo para comunicarle que los quince primeros días de estancia del prisionero Rafael Chaques Puerta, de ahora en adelante 001, han transcurrido sin novedad destacable. Hoy damos por finalizada la primera parte del tratamiento. El debilitamiento físico es total, y aunque aún no hemos hablado con él (no ha escuchado una voz humana desde que llegó que no fueran sus gritos) suponemos que el borrado de memoria se ha completado con éxito. Este es un proceso complicado. Un déficit en el tratamiento puede provocar la recuperación de sus recuerdos con mayor o menor intensidad con el transcurso de los años, y un exceso puede eliminar no solo sus recuerdos, su carácter y sus creencias, sino también sus conocimientos mínimos de todo lo que le rodea, haciendo que pierda la cordura, lo que nos impediría finalizar el experimento con éxito. No conoceremos los resultados de esta primera fase hasta el tercer o cuarto interrogatorio, así que dentro de cuatro días volverá a recibir mi informe. Sé que tiene un especial interés en nuestras técnicas; se las explicaré a continuación. Hemos aplicado las que hemos creído más adecuadas, que, teniendo en cuenta la premura que se nos exige y la dureza de este individuo, han sido las más contundentes:

Aislamiento

Técnica: ha permanecido aislado en una pequeña celda de tres por tres metros sin ningún tipo de aseo, de modo que se ha hecho sus necesidades encima o, en los momentos de alguna claridad de conciencia, en una esquina.

Efecto: mantuvimos al prisionero sin apoyo moral, físico o psicológico. Este trato lo degrada y, posiblemente, lo tornará servil en los interrogatorios.

Deterioro físico

Técnica: mala alimentación, todo el período en posiciones molestas y rodeado de sus heces.

Efecto: descenso drástico de la resistencia en los interrogatorios futuros. Propicia el síndrome de Estocolmo, le hará sentir afecto por el interrogador, creyendo que su única intención es ayudarlo.

Construcción de una nueva identidad

Técnica: repetición constante durante sus períodos de sueño de frases sobre el pasado que le estamos construyendo.

Efecto: los sueños (imágenes que construirá a partir de estas frases) permanecerán en su subconsciente. Los utilizaremos estos próximos días para hacerle creer en sus nuevos recuerdos.

Control sobre los sentidos

Técnica: aislamiento sin estímulos exteriores, luz y sonido, intercalado con períodos de tiempo (cuatro horas diarias) de demasiada luminosidad y ruidos estridentes.

Efecto: malestar extremo.

A esto ha de sumar que ha estado drogado, en estado de semiinconsciencia, y le hemos inyectado ciertos productos que le causarán la amnesia total y permanente que buscamos.

En definitiva, es un individuo muy fuerte, pero muy emocional, y ha soportado muy mal este medio mes en cautividad, por lo que presupongo que ya está preparado para comenzar la segunda parte del tratamiento.

Reciba un saludo cordial. Prometo mantenerle informado de la evolución del paciente.

Dr. Coudo.

Solo al sentir el agua fría correr por su cuerpo empezó a escapar del laberinto de sus pesadillas. Los negros nubarrones que embotaban su mente fueron poco a poco desapareciendo y sintió un gran placer al caer el agua, purificándolo y arrastrando la suciedad y la negrura de la que iba emergiendo. Sacudió la cabeza y sintió que lo sujetaban de los brazos. Asentó los pies en el suelo y se tambaleó, pero los extraños parecían prestos a no dejarle caer. Se dio cuenta de que estaba desnudo, pero no sintió pudor. Creía que era otra pesadilla. Entre la avalancha de pensamientos que cruzaban su mente pasaron unas palabras y, de repente, entendió que venían de fuera, que no eran suyas. Pero cuando quiso saber qué significaban ya no pudo recordarlas. Oyó un claro y sonoro «sí». Se apoyó en los baldosines azules que tenía enfrente y al instante sintió una áspera y firme mano en el codo. Intentó hablar, pero la boca no le obedecía. Tenía la lengua pegada al paladar y le costó abrir los labios resecos. Bebió un trago del agua tibia que se deslizaba por su cuerpo y se aclaró la garganta. De pronto se dio cuenta de que tenía frío, y se separó de la pared dando un paso hacia atrás. Notaba un ligero dolor de cabeza. A su lado, rodeado por una nube grisácea, un tipo vestido de blanco lo observaba en silencio. Oyó que decían: «Dejadlo, a ver si puede enjabonarse», y la mano del hombre de enfrente se extendió delante de su cara con una esponja espumosa. Se pasó la mano por la cabeza y notó con extrañeza que estaba rapado. Cada vez se sentía más confuso y sintió ganas de sentarse en el suelo. Se inclinó, pero enseguida varios brazos lo incorporaron otra vez, y sintió cómo le frotaban con energía el cuerpo con la esponja. Cada vez le dolía más la cabeza y las piernas le tembleteaban. El dolor se volvió insoportable y cerró los ojos. Sentía que se caía. Se resistió, temía volver otra vez a las sombras, pero no pudo evitar perder el sentido.

Vio delante de él a un inocente conejo rosa que lo saludaba y se acercaba botando. Cuando estuvo a su lado, abrió las fauces llenas de puntiagudas cuchillas y le devoró introduciéndole en sus intestinos rojos y palpitantes…

Cuando volvió a despertar estaba en una silla de ruedas en movimiento. La cabeza le daba vueltas. Se dio cuenta de que estaba en un comedor de largas mesas vacías. Ante él, un plato caliente de sopa. Junto a él descubrió varios señores de blanco que lo contemplaban y hablaban entre ellos, pero si hubiera visto cucarachas parlantes no se habría extrañado lo más mínimo. Tragó con avidez. Cuando terminó el plato, se levantó y miró a su alrededor. Un señor gordo con bata blanca le puso una mano en el hombro, sonriente.

—¿Ya se encuentra mejor, Agustín?

—¿Qué? —No entendía que «Agustín» se refería a él—. Quiero más sopa.

—No. Ahora debe acompañarme, vamos a comprobar hasta qué grado quedan secuelas en su… —El gordo calló y ya no sonreía—. No se preocupe, está con amigos que lo ayudarán.

Pero él quería más sopa. Se incorporó lentamente y cogió el plato, pero un hombre se lo quitó de las manos y lo empujó, con amabilidad pero con firmeza, hacia la puerta. Delante de ellos avanzaba el gordo que le había hablado.

—Pero yo quiero…

—Vamos, siga al doctor. —La voz del que lo empujaba no le pareció muy amistosa. Él quería comer más, tenía hambre.

Sintió un ligero rencor hacia su guardián. Algo mosqueado, siguió por sí mismo los pasos del médico, que avanzaba por unos pasillos de adoquines verdes con puertas a los lados.

—¿Estoy en un hospital? —preguntó turbado.

—¡*Of course*! En un hospital especial, ahora le explico.

Entraron en una estancia, un pequeño cuarto intimidante, sin ventanas, iluminado solo por una bombilla en el techo. Enfrente de él había una mesa y, a un lado, unos archivadores de metal con un cajón abierto donde el gordo pasaba hojas con gran rapidez.

—Siéntese, por favor.

Así lo hizo. El doctor ojeaba los papeles de la carpeta.

—Ajá —dijo sonriendo. Mientras sacaba una ficha, se sentó detrás de la amplia mesa. Se reclinó hacia él y sus ojos lo miraron con inteligencia e intensidad.

—Dígame, ¿cómo se encuentra? ¡Nos asustó al desplomarse esta mañana en la ducha!

Él se sintió turbado y por un momento no supo qué responder. Le incomodó ser contemplado con esa atención desmedida, pero los ojos lo escrutaban inmutables intentando leer sus pensamientos; decidió responder para acabar con el incómodo silencio.

—¿Dónde estoy?

—En un hospital del Gobierno, solo para funcionarios del servicio secreto. Agustín, usted trabaja para el servicio secreto… aunque por su confusión deduzco que no recuerda nada.

Rafa negó con la cabeza, asustado.

—A ver. —El médico apoyó los codos en la mesa—. Usted fue detenido hace quince días en su hogar cuando los vecinos dieron aviso al oír gritos y golpes. —Lo miró con inquietud—. Sufrió un ataque de locura, Agustín. No recuerda nada, ¿verdad? —Esperó en vano unos segundos—. Lo imaginaba.

—¿Qué? —Cada vez se sentía preso de una confusión mayor.

Sintió miedo de lo que hubiera pasado, pero no lograba recordar nada. Un gran desasosiego lo invadió, y otra vez el dolor de cabeza lo hizo encogerse en su silla.

—Siento decirle —y ahora el rostro del doctor transmitía consternación, parecía medir sus palabras al milímetro— que estará recluido aquí hasta que estemos seguros de su curación. Es probable que sufra amnesia, y me temo que en estos casos suele ser… permanente. —Le dirigió una mirada de pena—. Lo siento.

Una oleada de terror le paralizó. Se sujetó a la silla sintiendo que la cabeza le iba a estallar de dolor.

—¿Cómo? No entiendo nada. Pero, dígame, ¿qué ha sucedido? — Recuperaba un poco el control—. ¿Por qué me llama Agustín?

Coudo sabía que este era un momento definitivo. Si podía recordar su anterior nombre es que las dosis habían sido insuficientes y el experimento había fracasado.

—Pero… es que usted se llama Agustín.

Rafa exprimió su mente, pero no pudo sentir como familiar aquel nombre ni podía recordar cómo se llamaba.

—No recuerdo… —Intentó agarrar al doctor de la mano, pero el dolor lo retuvo. El otro se percató de su intención y se la cogió con suavidad.

—¡Agustín! ¿No recuerda? ¿No lo siente como suyo? Agustín. Herrero. Arias. —Coudo se apartó riendo por dentro. Por ahora todo iba bien.

—Pero, doctor, ¿dónde estoy? ¿Qué ha pasado?

—Tranquilícese. —Hizo un gesto y el hombretón lo levantó de su asiento—. Son demasiadas emociones por hoy, ¿no cree? Debe de estar agotado. Vaya a dormir un poco.

Rafa se apretó la cabeza con las manos. Sintió náuseas y se lo dijo al médico mientras salían.

—Comió demasiado deprisa, Agustín. —Sonrió—. No se preocupe, mañana, si no ha recuperado la memoria, cosa que desgraciadamente dudo — dijo echándole un brazo sobre los hombros—, responderé a todas sus preguntas. Ahora siga al enfermero.

El antipático ayudante que antes lo empujara sin mediar palabra lo condujo a un cuarto no muy amplio, acolchado el suelo y las paredes. Cerró con llave y lo observó unos segundos desde el pequeño cristal de la puerta antes de marcharse. Rafa se sintió angustiado y muerto de miedo. Intentó recordar algo, ¿qué era lo que había pasado para llegar ahí?, pero todo esfuerzo era en vano: como respuesta solo hallaba la negrura de su mente y recuerdos de terribles pesadillas y alucinaciones que rechazaba revivir. Se hizo un ovillo en una esquina de la iluminada habitación y comenzó a sollozar en silencio.

DÍA 29

Tras las rejas el cielo se oscurecía lentamente y en la celda esperaban a que apagaran las luces. Picas, sin embargo, no estaba aburrido. Leía un libro de Abdullah Öcalan, el ideólogo del confederalismo democrático, que le habían dejado. En la litera superior tenía al Lenteja fumando un chino.

—¿No quieres? —le preguntó con voz perdida.

—No —respondió intentando concentrarse en la lectura.

—Deja de meterte, que te está matando —le advirtió el Manco desde su colchón en el suelo.

—Tú cállate, que no te he ofrecido.

—¿Que más te da que se meta? —intercedió Picas—. Déjalo que se olvide un rato de todo.

Sin que nadie se lo pidiera, el Manco les soltó un discurso.

—La droga es una cadena más, un barrote más. Ya he visto mucha gente aquí que se mete de todo para evadirse de su situación. Te podría contar cientos de casos de peña que empieza a fumar coca o heroína por primera vez cuando entra al talego, y la mayoría nunca vuelven a ser los mismos. Es la pescadilla que se muerde la cola: necesitas drogarte para olvidar, pero cuando sales necesitas dinero rápido para meterte y vuelves a robar. Hay mogollón de gente que entra y sale de prisión, siempre por el enganche. Pierden a sus familias, a sus amigos; algunos se convierten en esqueletos humanos, ya los has visto en el patio.

—Dios, qué plasta —gruñó el Lenteja desde las alturas.

Picas asintió. Había conocido varios casos: gente consumida, sin dientes, ofreciendo mamadas por dinero para pillar otra dosis.

—Además, quien mete la droga son los carceleros, los boqueras. ¿Cómo puede ser más fácil conseguirla aquí que en la calle? —Picas no sabía qué contestar—. Porque así lo quieren los que mandan. Nos prefieren drogados que protestando. Por ejemplo, en el motín de Carabanchel, los presos tuvieron el talego controlado por asambleas. ¿Sabes que hicieron? Quitaron todo el alcohol y el hachís y metieron heroína, que nadie sabía lo que era. En un mes, todos colocados y la cárcel de nuevo en manos de los funcionarios. Así jodieron toda la unión. Era por el año…

—Bueno, déjate de batallitas, ¿no? —El Lenteja habló con voz de ultratumba desde la litera.

—¿Tú crees que el director está en el ajo? —preguntó Picas.

—Claro, y si no la mete él, mira para otro lado.

—Es como cuando dan tranquilizantes a la fuerza a los que crean problemas.

—¡Exacto! Pero las drogas son por propia voluntad de los encarcelados. El talego destruye a cualquier hombre. —Mientras lo escuchaba, Picas aguantaba las ganas de sacar otro cigarro—. Pasa con los presos que llevan mucho tiempo dentro, que no saben moverse solos, sin una rutina diaria. Los sacan y no saben vivir. Tú intenta salir como puedas. No te metas nada, que la droga te pega a la cárcel.

—¡Que te calles! —le gritó incorporándose un poco, ya enfadado, el Lenteja.

—Bueno, bueno.

Los confederales tenían a un compañero en aislamiento, el Guasa, y hablaban con él escribiéndole notas que pegaban a una pila quemándola con un mechero para que se adhiriera el papel. Luego la lanzaban por encima del muro que separaba su patio del de aislamiento. Picas alguna vez arrojó algún mensaje, o lo recogía, por hacer algún favor a los compañeros, ya que él no conocía al Guasa. Los guardias solían estar a uvas, pero ese día lo vieron.

—Usted, ¿qué ha lanzado?

—Nada, no he lanzado nada.

—Conque no, ¿eh? Venga aquí.

Le abrieron expediente, pero eso era lo de menos. Lo importante era la camaradería. Allí le enseñaron a fabricarse una espada para abrir las esposas o a hacerse un pincho con cualquier cosa. La cárcel era una auténtica escuela de bandidos; triste, pero así era. No soportaba estar encerrado, siempre pensando en Irene. Hablaba de intentar fugarse y todos respondían con evasivas o le decían que era imposible, pero, un día, el Lenteja y otro preso llamado el Sapo lo llevaron a un rincón del patio y le dieron la noticia.

—Picas, lo vamos a intentar —le dijo el Lenteja mirándolo con fijeza.

Este dudó un segundo, pero por la seriedad de los dos entendió y asintió rápido.

—Si quieres participar tendrás que echarle huevos —le advirtió el Sapo.

—Contad conmigo.

—Ya te contaremos detalles.

—Vale.

Así acabó la breve conversación y cada uno siguió a lo suyo, pero el resto del día Picas ya no estuvo aburrido, sino terriblemente excitado. Al fin, ya de noche, Espartaco, un preso famoso por haberse fugado dos veces y por ser de los más antiguos, los llevó a su celda a los tres, y mientras otro vigilaba les contó:

—A la hora de la siesta, el que sea secuestra al guardia que esté barriendo el pasillo de la galería y abre la puerta a otro, y ese a su vez va sacando a los demás.

—Pero ¿quién más está en el ajo? —inquirió Picas, alarmado.

—Eso no se pregunta. Calla y escucha —le regañó el Sapo—. Sigue hablando, Espartaco.

—Mientras, el otro se lleva al carcelero y engaña al que da acceso a la galería para poder abrirla. De ahí vamos al patio de la segunda galería, que nunca se usa. De ahí, acceso fácil a Comunicaciones. A veces la puerta se ve entornada, yo creo que nunca la chapan. Los familiares salen a las seis de la tarde. Si podemos, nos confundiremos con ellos. Dudo mucho que alguno nos delate. Si todo sale bien, cuando se den cuenta estaremos muy lejos.

—Si sale mal nos amotinamos —afirmó el Lenteja.

—Si no queda otra… —respondió Espartaco.

—¿Y cuándo lo haremos? —preguntó Picas.

—Cuando llegue la próxima remesa de detenidos. Cada poco tiempo traen un canguro repleto de presos de la huelga general: ese día estarán más atentos a los nuevos que a cualquier otra cosa, ya no saben dónde meternos…

Picas esperó que no fuera pronto porque tres días más tarde le habían concedido un vis a vis con Irene, pero no era momento de sensiblerías. Si todo salía bien, pronto la tendría en sus brazos, y sin estar rodeados de carceleros.

El plan quedó así fijado, y Picas intentó agenciarse un arma. Hurgando detrás del lavabo, extrajo una fina placa de metal que le podía servir. Para afilarla preguntó al Sapo, famoso por su capacidad de acumular y esconder todo tipo de cosas útiles, y este le dio la solución. Al patio no se podía entrar ni salir con él por los detectores, pero había otra forma de pasarse cosas unos a otros. El Sapo le hizo llegar un pequeño trozo de lima con un método tan antiguo como la misma cárcel: en su celda, ató una piedrecilla a un cordel. Mientras un compa vigilaba a los carceleros de la garita del patio, el preso de la siguiente ventana sacó un palo de escoba; el Sapo balanceó el hilo hasta que se enredó en él. Luego, el preso tiró del cordel hasta tener en sus manos la deseada lima. Así fue pasando de ventana a ventana hasta llegar al chavolo de Picas. En pocas horas de trabajo tuvo un afilado pincho de veinte centímetros. Lo insertó en un peine de mano ahuecado, para que tuviera un buen mango por donde agarrarlo, y se sintió satisfecho. Con ayuda del Lenteja lo ocultó tras el lavabo.

Pasaron diez días y no ingresaban nuevos reclusos. El Lenteja y los demás empezaban a impacientarse y a hablar de intentarlo sin más cuando una mañana llegaron varios furgones, uno detrás de otro, hasta dejar en el patio cien nuevos detenidos arrebujados en sus abrigos y con cara de asustados. Algunos desde las celdas les gritaban frases de ánimo ignorando las amenazas de los carceleros. Picas y el Manco se preguntaban qué pasaría en las calles.

—Olvídate de eso —dijo el Lenteja—. Este es el día.

Cuando salieron al patio no se juntaron con el Sapo ni con Espartaco para no llamar la atención, pero por gestos se confirmaron que sí, que adelante. El Manco, que no pensaba sumarse porque le quedaba poca condena, les aconsejaba que lo olvidaran, que solo se iban a ganar una buena soba.

—Soba la que tú nos das, tío —le dijo el Lenteja; se le notaba bastante nervioso.

Poco después de que los metieran a los chavolos llegaron como veinte nuevos a la galería, y entre gran jaleo los fueron acomodando en las celdas. En la de Picas metieron uno más, y ya eran cuatro, pero esa vez no hubo protestas: ninguno quería llamar la atención. Cuando todo quedó tranquilo después de comer, el Lenteja, muy inquieto pues no quería meterse su dosis para estar despierto en medio del jaleo, se preguntaba cómo salir de la celda para trincar al boquera solitario que allí quedaba. Picas se acercó a la rejilla de la puerta y lo llamó. En una mano a la espalda escondía el pincho.

—¡Jefe! Que aquí han vomitado. ¿Nos puede traer un cubo y fregona?

En cuanto el carcelero abrió la puerta para pasarles el balde, el Lenteja tiró con fuerza de él y Picas le puso el pincho en el cuello. El funcionario se puso lívido y obedeció en todo. El Lenteja le cogió las llaves y abrió la celda de Espartaco. Picas y él se dirigieron a la reja de la galería con el carcelero, que llevaba el cubo y la fregona.

—¿Qué pasa, Miguel? —le preguntó el carcelero desde el otro lado, claramente extrañado.

—Abre, que van a limpiar el patio —dijo el secuestrado al sentir un leve pinchazo en la espalda.

El otro dudó y soltó alguna queja por lo bajini, pero abrió la cancela, lo que bastó para que Espartaco se abalanzara sobre él. Llevaron a los dos a una habitación con trastos de la limpieza y los ataron y amordazaron todo lo rápido que pudieron.

Entraron en el patio que no se usaba y anduvieron hasta el otro extremo, conteniendo las ganas de correr, por si acaso algún chivato los miraba. Vieron que la puerta que daba a Comunicaciones estaba cerrada. ¡Siempre estaba abierta! La golpearon sin atreverse a hacer mucha fuerza para no alarmar a nadie, pero nadie vino a abrirles. Espartaco se puso a hurgar con un alambre, pero, por sus maldiciones Picas veía la cosa a cada momento más cruda. Se dieron la vuelta cargados siempre con el cubo y la fregona. Desde las ventanas de las celdas les llegaban cuchicheos y veían muchas caras de los presos que se asomaban a verlos. Espartaco maldijo e improvisó el siguiente paso. Entró de una patada en la enfermería, y allí encontraron a dos médicos y a una educadora, que se levantaron del susto sin saber qué hacer. Ellos entraron empuñando los cuchillos y aunque les aseguraron que no les ocurriría nada si colaboraban, uno de los doctores cogió una barra de metal y se protegió tras ella. Espartaco le quitó la barra de un tirón y lo abofeteó con fuerza un par de veces, hasta que el otro se tranquilizó, paralizado por el miedo. Se los llevó para encerrarlos en el mismo cuarto de limpieza donde tenían a los boqueras; así tendrían rehenes si no les salía bien la fuga.

—Los dos carceleros no nos valen nada a la hora de negociar pero dos médicos y una educadora es otra cosa —les dijo Espartaco.

—¿Y ahora qué hacemos? Lo raro es que no hayan dado

ya la alarma —dijo el Lenteja, muy alterado.

—Pues nos vamos por la puerta. —respondió Espartaco con una media sonrisa fiera y a la vez calmada.

Se dirigieron a la zona donde se encontraban las celdas de entrada, la sala de huellas dactilares y la puerta de acceso principal a prisión. Desde la esquina vieron a dos guardias en una garita, tras la verja cerrada.

—Es mejor que no vaya yo, que de mí desconfían —dijo Espartaco.

—Que vaya Picas —propuso el Lenteja—, que antes lo ha hecho muy bien, muy tranquilo.

De modo que este se dirigió a la verja con uno de los carceleros rehenes, pinchándolo por la espalda para que no se hiciera el héroe.

—Abre, que lo llevo a las celdas de entrada.

—¿Ahora? Pues no sabía nada —le contestó su compañero.

—Sí, hombre, hay que meterlo ahí.

—Yo, hasta recibir órdenes, no lo meto.

«El muy idiota no abre, debo de tener de rehén al último mono del talego», pensaba Picas esforzándose por mantener una cara neutra. Pinchó al funcionario un poco.

—¡Venga, hombre! —gritó con tono desesperado, tanto que el otro empezó a mirarlos raro.

—Que no, joder. Tú tráeme la orden y yo te abro.

Picas puso el pincho en el cuello del rehén.

—¡Abre o lo mato! ¡Abre!

Pero el otro no hizo caso. Corrió a la garita y pulsó la alarma, que empezó a retumbar con fuerza en los muros. Picas corrió con el boquera hacia atrás y se atrincheraron todos en el módulo de políticos. Enseguida empezaron las carreras de funcionarios al otro lado de las rejas.

—Lo siento, no ha podido ser.

—No te preocupes —le dijo el Lenteja dándole una palmada—. Los boqueras les dan igual, pero tenemos a dos médicos y a la educadora; tendrán que negociar.

Espartaco abrió todas las celdas y los políticos se sumaron con furiosa alegría al motín, destrozando los lavabos y retretes. Alguien forzó una puerta y franqueó el acceso a un módulo de presos comunes, que se unieron a la revuelta. Un grupo se empeñó en entrar con las llaves que habían conseguido Espartaco y Picas al módulo cinco, donde estaban los chivatos, violadores, policías y políticos, gente que no podía estar junto a los demás. Pero cuando consiguieron entrar ya habían desalojado y solo recibieron una lluvia de porrazos y pelotas de goma, así que atrancaron la puerta que acababan de forzar con una barricada de trastos y le prendieron fuego. Los carceleros se habían situado en la reja del módulo que daba a la zona central y la abrieron con las porras en la mano y con los cascos y el resto de indumentaria de antidisturbio puesta. Una lluvia de piedras, palos y objetos ardiendo hizo que rompieran la formación pero, animados por las voces del director, que desde atrás los jaleaba, cargaron contra los amotinados. Entre el humo y la confusión Picas apenas pudo ver nada. Corrió con un palo de madera y cuando vio la espalda de un carcelero la descargó con fuerza. En realidad poco podían hacer contra sus escudos y protecciones y pronto fueron puestos en fuga. En el suelo quedaron dos o tres presos tumbados. Los funcionarios se llevaron a rastras a dos de los suyos y cerraron de nuevo la reja de acceso. Más allá, Picas esto lo vio bien, el director, con la cara roja de rabia, no paraba de dar órdenes a voces. Los amotinados colocaron todo lo que pudiera prender en la verja, mientras desde el otro lado les disparaban a bocajarro pelotas de goma. La barricada de mesas y sillas pronto prendió con fuerza y el humo formó una barrera impenetrable entre unos y otros. Picas salió de allí casi ahogado y se juntó con muchos otros en la sala de descanso de los funcionarios, que tenían ocupada.

El Lenteja estaba poniéndose una venda improvisada en la mano sangrante. Tenía la mirada cansada a diferencia de los demás, que seguían exaltados por la pelea.

—Por unos segundos me he visto en la calle —le dijo cuando se sentó a su lado.

—Anímate, ya no podemos hacer nada. —Picas le puso una mano en el hombro.

—Nada —afirmó Espartaco con triste determinación—. Solo esperar.

Estimado ministro del Interior:

Me complace poder anunciarle que, después de tres días de interrogatorios, 001 ha respondido al tratamiento. Cree en la familia y en el pasado que le hemos construido y está dispuesto a colaborar en lo que sea para curar su enfermedad mental. Piensa que trabajaba como agente del servicio secreto y está deseando volver a su vida normal.

Las técnicas que estamos aplicando en este segundo periodo son las siguientes:

Tratamiento del ahora y luego

Técnica: favores ocasionales y promesas de curación y liberación, así como de felicidad para su preocupada familia, por colaborar en los interrogatorios.

Efecto: nos presentamos ante él de forma favorable, cree que lo hacemos por su bien y el de su supuesta familia; en el caso de que dudara en colaborar en un futuro, la falta de ciertos favores sería un buen modo de coaccionarlo.

Deterioro físico

Técnica: mala alimentación, sesiones de tratamiento muy prolongadas.

Efecto: a la hora de responder a preguntas nos aseguramos que no nos mienta o que no diga del todo su opinión, evitamos que mida sus palabras. Así nos dice realmente lo que piensa.

Demostración de poder

Técnica: mejora o empeoramiento de sus condiciones de vida; control total de su comida y sus actividades.

Efecto: creencia en nuestra superioridad y mando.

Solo este tercer tratamiento parece no dar resultado; es el único punto que me preocupa del preso: tiene un espíritu crítico tal que puede causar problemas en el futuro. A todo pide explicaciones: por qué no puede elegir su dieta, por qué no puede escuchar música o hablar con otros enfermos y, sobre todo, por qué no puede salir del centro. Hasta ahora le respondo que puede tener otro ataque de locura, que yo soy el doctor y sé lo que necesita. Pero no hay por qué preocuparse. Ya he comenzado a hablar con él de su antiguo trabajo de espía infiltrado en los movimientos sociales, y es tal el apasionamiento que le embarga de curarse y volver a su vida que creemos que pronto tendrán operativo al individuo.

Me despido, siempre a su disposición.

Doctor Coudo.

—¿Me ha traído los dibujos?

—Sí, aquí están.

Coudo los contó y los dejó a un lado sin mirarlos. Había hecho uno cada día desde que despertara.

—Muy bien, luego los examinaré. —De un cajón de su mesa sacó un sobre—. Tengo una sorpresa que le va a gustar. —Lo abrió poco a poco—. Su madre me ha enviado una foto suya. También está aquí su padre.

Le mostró una fotografía de un matrimonio mayor, sonriente, con una arboleda de fondo. Sus rostros no le transmitían nada, le resultaban unos perfectos desconocidos, y así se lo dijo al doctor; sin embargo, fueron los árboles del fondo los que más le hicieron desear salir de allí.

—¿No los reconoces? Me lo temía. A tus padres no les preocupa que destrozaras la casa en tu arrebato. Me han pedido que haga todo lo que pueda para curarte y para que puedas volver cuanto antes. ¡Con su ayuda, claro!

A Coudo no le gustó nada la actitud de 001. Silencioso y con aire ausente, le ocultaba sus pensamientos.

—¿Qué piensas?

—Doctor, yo necesito salir, quiero respirar aire fresco. Deme la libertad, ya ve que no tengo actitudes violentas ni nada por el estilo. —Bajó la cabeza y esperó unos segundos en silencio antes de continuar—: Quiero vivir mi vida, quiero salir de aquí.

Coudo sonrió comprensivo, pero por dentro se sintió alarmado. Había recuperado hasta límites preocupantes la seguridad en sí mismo.

—*Of course*, dentro de unas semanas quizá puedas volver con tu familia. ¡Te aseguro que te esperan impacientes! Tu madre reza por ti todos los días.

—Doctor —Rafa agachó la cabeza y cogió aire, pues quería darle importancia a sus palabras—, ¿recuerda lo que hablamos ayer? ¡Nadie sabe lo que los demás necesitan! Mi ansia de libertad es lo único que me mantiene con vida, necesito salir de aquí. Quiero elegir yo mi camino sin que nadie me diga qué debo hacer o me castigue y premie a su antojo. No quiero que usted decida qué debo comer o qué debo pensar. Espero que no se ofenda por lo que le digo, por favor. —Coudo negó ligeramente con la cabeza para incitarlo a seguir hablando.

Rafa se levantó de la silla. El enfermero hizo ademán de obligarlo a sentarse, pero el doctor lo detuvo con un gesto.

—Lo que usted me pide es que le obedezca a ciegas si deseo no recaer en mi locura. Pues yo le digo que es este ambiente opresivo y esta falta total de control sobre mi propia existencia lo que me enloquece. Sí, creo que se equivoca con mi tratamiento. —Coudo hizo un gesto que parecía decir: «Te estás confundiendo, no sabes lo que dices y vas a poner las cosas más difíciles». Rafa siguió hablando—: Estoy dispuesto a retomar mi trabajo anterior, aunque sea peligroso. No tengo miedo, ¡solo ansias de libertad! —Se percató de que estaba dando voces y se sentó haciendo un esfuerzo por calmarse—. Entiéndame, doctor, sé que usted busca mi curación, sé que quiere lo mejor para mí… —Con gesto abatido se apoyó sobre la mesa.

Coudo pensó también durante unos segundos en los que la sala se quedó en un silencio sepulcral. Dudó si renunciar a convencerlo, quizá ya no era útil para el proyecto. Nunca imaginó que desplazara a «la gente que le quería» (sus supuestos padres) por sus ansias de libertad, y más aún en el estado de necesidad afectiva tan grande en que se hallaba. Era un caso, en algunas cuestiones como esta, fuera de lo común. Pero prefirió hacer un último intento. Dispararía su último cartucho.

—Pobre hombre. Me da usted pena, Agustín. Muchos cayeron antes donde usted se encuentra, presos de la locura. ¿Olvida usted a su familia, a sus amigos? Puede no recordarlos, pero tiene una deuda con ellos. ¡No puede traicionar a la gente que le quiere! Debe obedecerme y todo saldrá bien. Podrá volver con su trabajo y con su familia en cuanto termine el tratamiento —esta vez utilizó un tono de ligero reproche— y si lo hace, pronto podrá descansar en los brazos de su anciana madre, que bien lo necesitan los dos, usted y ella.

Rafa asintió con la cabeza gacha y Coudo hizo un gesto para que los ayudantes se lo llevaran.

Ya a solas, se sentía algo molesto: este preso se le había ido de las manos. ¿Por qué? Ordenó que le llevaran un vaso de agua y ojeó sobre la mesa los dibujos de 001. Desde el primero hasta el penúltimo interpretó una evolución desde el miedo irracional hasta la pasión y la amargura. Era lo normal, lo esperado.

—¡*Shit*! —Cuando vio el último se le abrieron los ojos de asombro y casi se le cae el vaso de la mano, mojando algunas gotas el dibujo.

El folio estaba lleno de esbozos a medias, de pruebas de colores dorados y negros intentando terminar una figura que no lograba rematar del todo. Pero era evidente cuál era el modelo que Rafa tenía en su cabeza: un velero de dos palos. ¿Qué diablos significaba eso?

Día 40

Desde las ventanas veían cómo llegaban furgones de policías con fusiles al hombro, que enseguida rodeaban la cárcel, y lecheras de antidisturbios, que formaban en cuadros en cuanto salían del vehículo. Mientras fuera se acumulaban agentes, dentro se había convocado una asamblea para concretar las demandas. Se juntaron en la amplia sala de descanso de los funcionarios, donde había una televisión de gran tamaño, máquina de café y algunos alimentos. Picas estaba sentado en un rincón, sintiendo lástima de sí mismo y preguntándose cómo había acabado allí. Todas las esperanzas que le había creado la seguridad del Lenteja y Espartaco se habían derrumbado.

Con bastante orden pese al inicial griterío, gracias a la costumbre de los huelguistas de hacer asambleas, se unificaron las peticiones. No fue difícil porque había miembros de la Unión de Presos en Lucha, asociación que tenía su propia lista de reivindicaciones eternamente solicitada y nunca satisfecha, que fue secundada sin muchos cambios. El texto final fue leído a voz en grito por Espartaco, interrumpido a cada pausa por aplausos, golpes y pataleos de los amotinados.

—Libertad inmediata de los presos por motivos políticos, tanto los ingresados preventivos por la huelga general como los que cumplen una condena previa. —La primera ovación hizo que se detuviera un instante. Carraspeó—. Que los enfermos mentales vayan a centros especializados donde los cuiden adecuada e individualmente en vez de ser abandonados en las prisiones. Fin inmediato de la masificación, que no pueda haber un solo preso más de la capacidad para la que las instalaciones hayan sido construidas. —Voces de aprobación acompañaron las últimas palabras—. Abolición del régimen de aislamiento por ser un trato inhumano donde se pretende machacar al individuo sin ningún contacto con otras personas, restringidas las comunicaciones a una al mes, sin apenas patio y siempre en cárceles lejos del hogar del preso, lo cual contradice los artículos 10 y 25.2 de la Constitución Española. Reagrupamiento de los presos y presas cerca de su lugar de origen, como manda el artículo 41 del Reglamento Penitenciario. —Nuevos gritos—. Excarcelación de todos los presos con enfermedades incurables o terminales, como manda el artículo 196.2 del Reglamento Penitenciario. Que se permita el contacto vis a vis con independencia del grado en que se esté. Mejoras higiénicas y sanitarias y mejor atención a los enfermos de sida. Que se nos trate con corrección y no se nos pegue cuando nos entreguemos. —Espartaco tuvo que callar un par de minutos hasta que sus compañeros volvieron a quedar en silencio—. Y, además, que estas demandas salgan en la televisión para tener garantía de su cumplimiento.

Espartaco y los demás exigieron la presencia del juez de guardia, que llegó con cara muy larga, y le entregaron las reivindicaciones. Luego, esperaron preparando armas con lo que tenían más a mano, vigilando por las ventanas o viendo una televisión a pilas que habían encontrado, a ver si decían algo de ellos.

—Habría que cambiar a los rehenes de lugar y tenerlos separados. Moverlos cada media hora o así. Es por las fuerzas de asalto; así no sabrán seguro dónde se encuentran —propuso Espartaco.

Todos vieron juiciosa la medida. Por un lado se llevaron a la educadora y a un carcelero y, por otro, al otro boquera y los dos médicos, y se propusieron trasladarlos de vez en cuando.

Durante horas no hubo ningún trato ni conversación. Les habían cortado la luz y el agua y el pensamiento generalizado era que querían vencerlos por cansancio. Por suerte, tenían el televisor a pilas y estaban atentos, aunque en ningún canal decían nada. Cayó la noche y todo se sumergió en penumbra. Muchos se echaron a dormir, otros quedaron haciendo guardia en los puntos estratégicos, con cacerolas y cucharas para dar la alarma en caso de asalto.

—¡Eh! ¡Han venido los de la tele!

Picas se asomó a la ventana enrejada con los demás y vio que de una furgoneta con antena en el techo bajaban tres periodistas con una cámara. En unos segundos se armó un guirigay. Los presos empezaron a aullar, a arrojar trapos ardiendo por las ventanas, a colgar pancartas y zapatillas de los barrotes, a encender y apagar las luces de las linternas que tenían enloquecidamente. Fuera, el equipo empezó a grabar. El estruendo entre los muros era indescriptible, y

Picas gritó hasta quedarse casi afónico, agitando un trapo ardiendo desde una ventana del comedor.

Cuando empezaron a grabar al director, muchos vocearon insultos, por lo que entrevistadores y entrevistado se tuvieron que alejar unos metros para gran satisfacción de los amotinados. Cuando los reporteros se fueron, volvió la calma. En media hora, la mayoría, por cansancio, se tumbó a descansar.

—¡Ey, venid, salimos en las noticias! —gritó el Manco.

Al poco todos estaban agrupados alrededor del televisor, expectantes. En la pantalla, varios planos de Puerto III; no se escuchaba nada porque cada vez que reconocían a un preso aullaban y reían. Luego salió la entrevista al director recibida con silbidos y gritos, pero pronto todos guardaron silencio. Hablaban del motín en sí, que había comenzado por un intento fallido de fuga, pero de las exigencias nada. Según decían, la Unidad de Intervención de la Guardia de Asalto estaba lista para entrar si no se liberaba a los rehenes. En las imágenes se veían tantos coches, sirenas, focos y policías que entre los amotinados cundió el desánimo. Luego pasaron a los deportes.

—Tenemos a una educadora y a dos médicos, aparte de los dos carceleros. Negociarán —decía Espartaco recostado en un sillón.

Pero Picas no las tenía todas consigo. Pasaron unas horas, en las que se quedaron sin comida, lo cual provocó algún enfrentamiento, hasta que volvieron a salir en la televisión. Pero esta vez no era Puerto III, sino la prisión de Alcalá Meco. La voz de la presentadora hablaba de un motín y que varios intentos en otros penales habían sido abortados, no dijo dónde.

—¿Que querrá decir?

—Pues que habrán apaleado y metido al cajón al primero que haya querido protestar —dijo el Sapo.

Seguían sin llegar noticias del exterior. El desánimo era patente y contrastaba con la exaltación asesina de algunos, liderados por Espartaco, que parecían dispuestos a luchar a muerte si entraban. Al amanecer, y como quedaba poco para el telediario, decidieron liberar a la educadora, que había tenido varios ataques de ansiedad, para provocar una respuesta y para que fueran las cámaras. Durante la mañana sucedió algo inesperado que subió la moral de los amotinados, que ya estaba por los suelos por la sed y el hambre. Poco a poco fue llegando gente con pancartas, pidiendo la amnistía. Era evidente que las asambleas de las plazas habían convocado allí una concentración, pero el número de personas crecía más y más hasta cubrir lo que abarcaba la vista. Los policías desplegados entre la prisión y los manifestantes formaban un bloque compacto, pero no hubo cargas.

—No cargan porque son muchos —aseguraba Espartaco mientras todos volvían a agitar trapos por las ventanas y a dar voces.

Tras tres horas de cánticos desde afuera y gritos desde dentro, la manifestación se disolvió sin incidentes, algo inédito en los últimos meses. Sin embargo, Picas, como los demás, se sentía sediento y hambriento, y sus esfuerzos gritando lo habían dejado cansadísimo y desmoralizado. Se formaron pequeños corros que cuchicheaban y Espartaco acudía a ellos temiendo que la gente empezara a pensar en rendirse. Uno de los presos los llamó con urgencia frente a la tele.

Leyeron en antena casi todas las exigencias, salvo la de los enfermos terminales, quizá para no reconocer la situación en la que se encontraban. Media hora después llegó el juez de guardia, y recibieron la oferta de cerrar el régimen de aislamiento si cedían. Se reunieron, pero muchos hablaron en contra. Picas pensó con amargura que los de aislamiento seguían en sus cajones y ni siquiera podían comunicarse a voces con los amotinados. Era posible que no supieran lo que sucedía. Eso no solucionaba nada a los presentes, pero quizá era lo único que podrían conseguir, de modo que votó por aceptar el acuerdo, aunque fue en vano: ganó el no, liderado por Espartaco, por aplastante mayoría. Una hora más tarde recibieron la oferta añadida de liberar a los presos políticos de la huelga general y, por votación, se aceptó por mayoría. Todos decían que las manifestaciones masivas en las capitales y el peligro de que los motines se extendieran por todas las prisiones habían sido decisivas. Sin embargo, los presos comunes se sentían traicionados. Ahora se lamentaba de no haber declarado que actuó por motivos políticos. ¿Quién lo iba a saber? Escucharon que la amnistía se iba a aplicar a nivel nacional. Poco después, los huelguistas preventivos salieron en fila india, los cachearon y no los esposaron, sino que los pusieron en libertad. El gobierno debía sentirse contra las cuerdas. El Sapo intentó meterse entre ellos, pero lo descubrieron y lo llevaron a una celda. Espartaco se negaba a liberar a los rehenes, pero la fuerza del grupo se impuso y mientras él se preparaba para luchar antes de que lo atraparan, los demás presos dejaron ir a los dos médicos y los carceleros, que huyeron corriendo. Luego intentaron cerrar la valla, pero la policía entró en tropel con material antidisturbios.

Así terminó el motín de Puerto III, por propia voluntad de los amotinados. El gobierno cumplió en liberar a los políticos, pero en nada más, porque una vez tuvieron a los presos separados y rendidos, los castigaron de una manera u otra. A Picas, a Espartaco, al Lenteja y al Sapo, como iniciadores, los metieron en celdas individuales de castigo y allí empezaron a pegarles. Picas recordaría esas horas como las peores de su vida. Mientras un médico estaba atento a que no se les fuera de las manos, el director dirigía a dos carceleros que lo molían a palos. Le partieron un brazo con bates de béisbol y cada vez que se desmayaba le introducían astillas entre las uñas, para que despertase y no pudiese escapar del dolor y el miedo. Luego se fueron y lo abandonaron todo el día así, tumbado de dolor, sin comer ni beber ni proporcionarle ningún calmante. Por la noche le dieron una manta, insuficiente para el frío. Cada hora iba un carcelero a comprobar que seguía vivo, enfocándolo en la cara con una linterna hasta despertarlo para prometerle que le iban a seguir pegando.

Al día siguiente le escayolaron rápidamente el brazo sin hacer caso de sus quejas, lo bajaron a rastras al patio y lo metieron en un furgón. Allí levantó la cabeza y se encontró al Lenteja junto a varios más. Le habían roto la paleta que le quedaba y ahora hablaba con un extraño silbido.

—Esto es lo normal después de un motín, como una ley no escrita: paliza y traslado. —El pobre no podía ni estar sentado, se aguantaba los dolores sin decir nada, por orgullo. El sida lo tenía muy debilitado ya. Picas pensaba que no llegaría vivo a la capital. Pero tras lo que les pareció una eternidad, llegaron a la prisión de Antares y allí los separaron. Picas pasó la noche en una celda sin ninguna compañía, pero le dieron de comer y suficientes mantas, y también calmantes para el dolor.

Al día siguiente lo trasladaron al penal del Dueso. Una cárcel con buena fama entre los presos, pero con un régimen de aislamiento tan duro como cualquier otro o más. Y a Picas le tocó sufrirlo en propia carne. Al llegar lo llevaron a las duchas. Allí le quitaron las esposas a través de las rejas y pudo asearse bajo la vigilancia de cuatro carceleros con las porras en la mano. «¿Se pensarán que soy Bruce Lee?», pensaba mientras enjabonaba con cuidado de no mojar la escayola. No sabía qué le iba a pasar, pero cada vez sentía menos miedo y más rabia.

Luego le dieron su nueva vestimenta: un mono azul y unas chanclas que le quedaban pequeñas, con las que andaba con dificultad. Lo llevaron, agotado, a una pequeña celda individual de dos metros de largo y uno y medio de ancho que no tenía colchón ni mantas. Estaba tan cansado que no tuvo fuerzas para protestar o preguntar. Cuando los carceleros se fueron se quedó hundido, desmoralizado. Tenía frío. Fuera llovía, entristeciendo aún más la mortecina celda. Un poyo de piedra hacía de cama. Una mesa y una silla de madera, esta última de tres patas, completaban el mobiliario. El agua salía por un tubo de la pared e iba a caer al agujero del retrete, por lo que cada vez que iba a beber o limpiarse las manos tenía a la vista el tigre. Sonó una voz lejana.

—¡Hola! ¿A quién han traído?

—Soy Picas —gritó acercándose al pequeño ventanuco, cuyos barrotes apenas podía tocar si se ponía de puntillas.

—¿De dónde vienes?

—De Puerto III. —Tan contento estaba de escuchar una voz amiga, aunque no pudiera ver a su dueño, que se puso a llorar.

Hubo un segundo de silencio.

—Venga, chico, ¡ánimo! ¿Cómo te tratan?

—Me han apaleado por el motín.

—¿Qué motín? No sabía nada. Aquí nos tiramos meses sin saber nada de nada —contestó sorprendido.

Picas le contó con pelos y señales todo lo ocurrido y sintió cierta liberación al hacerlo.

—Pues yo llevo en aislamiento desde un intento de fuga. Mis compas robaron un helicóptero a la hora del patio —dijo entre risas—. Me subí a la escalerilla, pero detrás de mí se engancharon hasta tres más que nadie había invitado, de modo que el aparato no podía subir. —Picas reía con tantas ganas como quien lo contaba—. Parecía un plan perfecto.

—¿Y qué tal se está en aislamiento?

—Muy jodido. Pero somos tantos que nos ponen en celdas contiguas y podemos hablar.

—Oye, no hay colchón.

—Te lo dan por la noche con las mantas. Aquí no se puede leer ni escribir, ni tener radio ni nada. Ya verás. Ya verás.

—Vaya mierda —dijo Picas, cada vez más contento de tener con quien hablar—. ¿Cuánto llevas?

—Un mes. No te preocupes, te tendrán como dos meses así, si no la lías, no creo que más. A mí me sacan en una semana. No pueden tener las celdas llenas, quizá tengas suerte. Solo tenemos una hora de patio, siempre solos. Pero estamos catorce aquí, y ya empiezan a sacar a la gente de noche a pasear.

—No jodas.

—Sí, solo para que estemos separados.

En ese momento, la puerta se abrió.

—Desde hoy, que sepa que tiene prohibido hablar con los demás internos.

Picas no contestó. Tanto él como el carcelero sabían que no lo cumpliría.

A las pocas horas llegó un médico acompañado de dos boqueras. Le dio unas aspirinas para el dolor y una crema. Él sentía un gran desprecio por los doctores de prisión por su trato insuficiente a enfermos con hepatitis o sida, así que no quiso dirigirle la palabra. Sin embargo, el médico hablaba indignado de lo que veía, lo que le confundió mucho.

—¿Pero cómo se ha hecho esto?

—Pregúnteselo a sus amigos -le respondió él haciendo un gesto a los carceleros.

—A mí no me meta, Picas —dijo uno de ellos—. Nosotros no somos los de Puerto III.

—Es una vergüenza —repetía el médico, y le pareció sincero.

Lo esposaron y se lo llevaron a la enfermería escoltado por dos guardias. ¿Realmente le tenían miedo como estaba, con el cuerpo deshecho? Tenía un brazo mal escayolado, cojeaba y hasta tenía sangre seca en la cabeza por una brecha. Le hicieron una radiografía y observó que había grilletes en la cama, pero no entendió por qué.

—Esto está mal, vamos a recolocarle el hueso —dijo el doctor al volver.

Le quitaron la escayola y se prepararon para colocarle el hueso. Le dieron algo para morder y lo hicieron usando un grillete para agarrarle el brazo. ¡Sus gritos fueron terroríficos! Después le pusieron pomadas en las heridas. Luego, lo volvieron a escayolar.

—No sé si le habrá cogido deformidad, el tiempo lo dirá. Intente no forzarlo para nada.

—Gracias —respondió Picas, y se asombró de haberlo dicho.

Cuando lo llevaron al módulo de aislamiento había jaleo. El compañero y los demás estaban golpeando las puertas porque al oír sus gritos pensaron que le estaban pegando. Los carceleros, asustados, fueron llevándolo de celda en celda para enseñarlo, y así se calmó la cosa. Cuando Picas llegó a su habitáculo y fue a hablar con su vecino, se lo encontró partiéndose de risa.

—¡Con esos alaridos pensábamos que te mataban!

Picas reía con ganas, como debía de estar haciendo todo el módulo. Además, había podido ver no solo a su compañero de celda, sino a todos los demás, algo inédito en aislamiento, cosa que también fue muy comentada y celebrada de ventana a ventana. La verdad es que cualquier novedad era bienvenida, y las horas pasaban lentas. Su vecino le comentó que el médico era nuevo y pronosticó que duraría poco en prisiones. Tenía demasiado buen corazón.

—Oye, aquí hay otro del motín de Puerto III.

—No jodas, ¿cómo se llama?

—Lenteja.

Picas no podía creerlo. Si hubiera podido saltar de alegría lo habría hecho. No se pudieron decir mucho porque lo habían puesto justo al otro extremo de la galería, los mensajes tenían que pasar por más de diez personas, pero supieron uno del otro que estaban bien. Su compañía cercana fue suficiente como para que Picas esperara con energía y optimismo el final del aislamiento. En dos semanas estuvo fuera, quizá por la masificación de la prisión, pero pudo hacerse una idea de la terrible soledad, el vacío absoluto. Ahora nadie estaba demasiado tiempo por la masificación, pero le contaron que antes de la huelga había quien se había tirado meses y meses dentro, sin tener siquiera a otro en una celda contigua con quien hablar. Muchos salían tocados de la cabeza para siempre, algunos hasta se habían suicidado.

En cuanto salió lo llevaron a una celda donde, sorprendentemente, solo había un preso. Al entrar se observaron con desconfianza y apenas hablaron. Cuando poco después salió al patio, se sintió el centro de todas las miradas, lo trataban con respeto, le preguntaban por el motín, le contaban historias de gente que estuvo en los otros intentos que estallaron ese mismo día o le ofrecían cigarros. ¡De repente se había vuelto famoso! Cuando vio al Lenteja, los dos se apartaron para hablar.

—Por fin te han soltado —dijo, dejando ver el diente roto—. Se cebaron en ti, como fuiste quien intentó abrir las puertas… Te tomaron como el líder. Yo llevo ya una semana fuera del cajón.

—¡Pero, chico, te veo muy recuperado!

—Ya ves, al Lenteja no lo matan ni a golpes —dijo con un extraño silbido, y luego bajó la voz—. Oye, tenemos un plan, ¿te apuntas?

—Sin dudarlo. —Picas ya veía que si no era por su propia mano, jamás vería la calle.

—Escucha, somos dos; el otro no quería a más gente, pero le he convencido para que vengas.

—Gracias, tío, gracias, ya sabes que no soporto esto. —Sintió tremendas ganas de al menos estrecharle la mano, pero debían medir sus gestos en el patio.

—Hemos conseguido dos sierras pequeñas, luego te pasamos una. El asunto es quitar un barrote y subir al tejado del módulo. Roque es escalador, está en mi celda, ya lo conocerás. Por ahora es mejor que no nos vean juntos a los tres. Nosotros serramos la ventana, Roque sube al techo y me echa la cuerda a mí. Luego nos movemos por el tejado y la descolgamos frente a tu ventana, y te subes con nosotros. Desde ahí arriba se puede alcanzar el muro, lo tenemos calculado. Díselo al de tu chavolo si lo ves de fiar.

—Pst, no sé.

—Tú prepárate, luego te paso la sierra. ¿Cuándo te quitan la escayola?

—En diez días.

—Cojonudo —sonrió el Lenteja mostrando una boca casi sin dientes.

Más tarde se metió entre un grupo de los confederales. Hablaban de que el ejército estaba en las calles impidiendo toda manifestación, y aunque las carreteras seguían medio bloqueadas, ya llevaban setenta y cuatro días de huelga y muchos volvían al tajo. El agotamiento, el hambre y la represión feroz hacían que mucha gente se desesperara, pero los cortes de carreteras de los piqueteros seguían bloqueando las autovías, igual que sucedía con los obreros portuarios y los de metro. El transporte, lo más vital para el Estado, seguía casi paralizado. Algunos decían que como se retiraba cada día mucha gente, se iba a acabar la huelga en pocos días y habrían perdido, pero otros insistían en que el gobierno estaba a punto de ceder, incluso de caer. De repente, uno de ellos se volvió hacia Picas.

—Oye, a los de afuera les preocupa Rafa.

—¿Qué? ¿Qué pasa con él?

—Que me dicen que no aparece por ningún lado. Me han pedido que te pregunte si teníais un escondite o algo.

—Sí, pero él se fue por libre, no quiso ir.

—Quizá lo han cogido y… lo han llevado al centro de tortura.

—¿Cómo al centro de tortura?

—De vez en cuando desaparece alguien, un estudiante combativo, un sindicalista… Siempre son coches negros, llegan de noche a tu casa y te secuestran. Nunca se les vuelve a ver y el Estado niega todo, pero allí deben de interrogarlos y, luego, matarlos. Todo el mundo en los movimientos sociales lo sabe —respondió mirándolo extrañado; Picas negó con la cabeza, sobrecogido por lo que oía—. Pero una vez se les siguió y sabemos dónde los llevan. Si Rafa no aparece, lo mismo lo trincaron y lo llevaron allí.

—Habría que entrar a la fuerza, aunque sea a tiros —proclamó, sorprendiéndose a sí mismo por la rabia con la que había hablado.

—¡Imposible! No creas que no lo hemos pensado, pero está aislado en el monte, la huida es difícil. Es un fortín de altos muros y lleno de gente armada. Y los comandos autónomos somos muy pocos. Sería una insensatez juntarnos todos para que nos cacen a la vez. Olvídate; si lo llevaron allí, está muerto.

Picas pasó el resto del día inquieto, deprimido, pensando qué le estarían haciendo al pobre Rafa. Quería pensar que lo matarían rápido, pero el compañero lo había dicho bien claro: los torturaban para sacarles toda la información. Esa noche apenas pudo dormir.

Quería advertir a Irene de sus intenciones, pero no sabía cómo hacerlo, pues la fuga era inminente y no tenía permiso para hablar con ella hasta dentro de un mes. En la cárcel existían inhibidores en todos los módulos menos en el de tercer grado, pero le habían hablado de un hueco, en el pasillo que daba a la lavandería, en el que había cobertura. Unos presos rumanos tenían un móvil y lo alquilaban a precio de oro. Después de mucho negociar y de entregarles casi todo su dinero, pudo tener un minuto de conversación con ella. Ni un segundo más.

—¿Hola?

—¡Amor! ¿Eres tú?

—Sí, princesa, te quiero.

—¿Pero cómo es que te dan permiso para llamarme?

—Te llamo a escondidas. Escucha, no tengo mucho tiempo. Vamos a intentar fugarnos el 12 de marzo. Pero no puedo ir a la casa, porque es donde primero mirarán. ¿Te acuerdas del mirador tan bonito de…?

—Sí, sí.

—Pues allí.

El rumano se acercó y le hizo un gesto de tijeras para que cortara.

—Ten cuidado —dijo ella.

—Lo tendré. Te dejo, amor.

—¡Un beso!

De ventana a ventana le hicieron llegar un trozo de sierra dentada minúsculo, y no tuvo con qué hacerse un mango respetable. Cuando las celdas quedaban abiertas y el compañero del chavolo se iba, un amigo del Lenteja vigilaba la entrada mientras Picas limaba el barrote con bastante comodidad, aunque acababa agotado. Finalmente cedió, y lo volvió a colocar de modo que no se notara que estaba suelto. Dudó de si podría cruzar solo quitando ese barrote. Cuando hizo la prueba, con mucho cuidado de que no le vieran los guardias de las garitas del patio, asomó con dificultad medio cuerpo fuera, ladeado, y miró para abajo. Se dio cuenta de que la altura era acojonante, un tercer piso: si caía se mataba.

Después de hablar con Irene sentía que esta era la buena, que lo iba a conseguir. No quería ilusionarse; sabía que la mayor parte de los intentos fracasaban, pero no podía evitarlo. Y al rato le entraban las dudas, ¿y si fallaba algo? Por momentos le invadía el desánimo y los muros de la celda se le echaban encima. Por suerte, no tenía al Lenteja ofreciéndole mierda, porque la hubiera aceptado. Eso sí, se emborrachaba con su compañero de chavolo todos los días. Por supuesto, no se podía conseguir en el economato, pero eran los mismos carceleros los que vendían las botellas y el hachís a bajo precio. Sentía tanta rabia dentro, tanto fuego en sus manos, que parecía capaz de escalar los muros por puro odio, y de matar a quien se pusiera delante.

Día 57

El día que tenían fijado para la fuga estaba lavándose los dientes y decidió tantear a su compañero de celda.

—Joder, que ganas tengo de salir de aquí. Si pudiera me fugaría —dijo en tono casual—. ¿Y tú?

—Es muy arriesgado, me quedan solo nueve meses. Hombre, si fuera tirado me lo pensaría…

Con esa respuesta tan ambigua, Picas decidió no decirle nada. Se tumbó imitándole y se esforzó por pensar en cualquier cosa que no fuera la altura hasta el patio. Pasó el carcelero haciendo el recuento nocturno y él, torturado por la posibilidad de que por el hueco que tenía no podría salir o se caería, se puso a serrar otro barrote. El compañero estaba dormido o disimulaba. Sabía que el Lenteja y su amigo actuarían pronto y se puso frenético a limar, sin preocuparse del ruido. Si pasaba el carcelero lo trincarían. Cuando pensaba que no le quedaban fuerzas en los brazos, que no podía seguir aguantando el dolor, el barrote cedió. Lo agarró y lo dobló con toda su fuerza hacia arriba. Ahora podría salir mejor, aunque le seguía pareciendo muy peligroso moverse en esa estrechez y tenerse que agarrar a una cuerda. Mejor no pensarlo. Luego se giró hacia su compañero de celda. Era imposible que no hubiera escuchado nada, pero seguía como dormido.

—¿Te vienes?

—No, no voy, pero gracias —susurró moviéndose un poco, sin mostrarle la cara.

—Pues no cantes. Como des la alarma, te matamos antes o después, ¿entiendes? Que sé quién eres.

—Sí, sí, no te preocupes —dijo sin volverse.

Volvió a asomarse. Solo lo podían ver desde una garita, y el guardia miraba hacia fuera en ese momento. El suelo estaba tan lejos que se le encogió el estómago. Tardaron una eternidad, pero al final una cuerda cayó frente a él, hecha con sábanas atadas. Salió con mucho cuidado de no engancharse en el barrote torcido y se agarró con todas sus fuerzas.

Tuvo que confiar en la resistencia del invento. Se dejó caer con todo su peso, atrapadas sus manos en un nudo. Luego empezó a trepar intentando que el miedo no paralizara sus movimientos. «El miedo es el peor enemigo», se repetía sin dejar que nada más pasara por su mente. Con gran esfuerzo subió un nudo, luego otro, entrelazando los pies en la sábana. Al llegar al canalón, una mano cogió la suya y lo alzó con fuerza. Una vez se tumbó en el tejado pudo ver entre sombras las caras de Roque y del Lenteja. Se preguntó cómo había subido con lo debilucho que parecía; quizá porque tenía que levantar poco peso. Recogieron la cuerda y avanzaron a gatas por el tejado. El siguiente paso era engancharla en el muro exterior. Habían creado un gancho fabricado con tres tenedores. Decidieron tomarse su tiempo antes de dar el siguiente paso para observar la situación. En ese patio pequeño había dos garitas, pero con la reducción de personal solo había un guardia. Tenían tiempo de sobra y no les echarían en falta hasta el recuento de las ocho, si no se retrasaba, como otras veces, con todo el jaleo de los nuevos.

—Bonito cielo —dijo Picas sacando un cigarro.

—¿Qué haces? —Roque se lo quitó de la boca—. No te puedes imaginar lo bien que se ve un punto luminoso en la oscuridad.

Iba a protestar, pero el Lenteja le puso una mano en el hombro y calló. Tumbados en el tejado vieron cómo el guardia observaba a veces las ventanas, pero de pasada, y paseaba y paseaba por lo alto del muro, y luego miraba hacia fuera. Debía de estar aburridísimo. Llegada la hora en punto se fue; cambio de guardia. Cuando llegó el nuevo decidieron esperar a que se acomodara y se aburriera. Se había sentado en una silla y la tenía orientada de modo que para mirar a donde estaban tendría que girar mucho la cabeza, así que cojonudo. Roque se levantó, cogió el gancho y lo hizo girar en el aire. Picas lo vio decidido, se notaba que sabía lo que hacía. Efectivamente, lo lanzó y llegó hasta el otro lado. Tiró hacia ellos hasta que quedó fijado. Ató el extremo a una chimenea y se colgó de la cuerda de sábanas para comprobar que estaba bien asentada. Luego, cruzó. Al final tumbó una manta sobre las alambradas para no engancharse en ellas y desapareció detrás del muro. Luego le tocó el turno al Lenteja, que tardó algo más. Casi se cae al intentar subir al muro. Una vez arriba, sorteó la alambrada con más suerte que pericia antes de desaparecer al otro lado. Al instante sonó un grito de dolor, sin duda suyo, que Picas escuchó sin problemas. Miró al guardia, pero seguía sentado orientado hacia otro lado. Si hubiera girado la cabeza y hubiera visto la sábana blanca desde el edificio al muro… Picas se agarró a la cuerda y empezó a avanzar colgado boca abajo. Al llegar al final no fue sencillo ponerse de pie en el muro. Se movió dos pasos evitando los alambres espinosos y saltó al vacío. Sintió dolor al caer, pero lo hizo bien. Al ver al Lenteja con el brazo sobre el hombro de Roque se dio cuenta de que debía de haberse torcido el tobillo.

—Estamos fuera —susurró Picas.

—¡Calla! ¿No oís algo? —dijo el Lenteja.

Los tres se agacharon.

Vieron una sombra en la noche.

—¿Lucía? —preguntó Roque.

—Sí —respondió una voz susurrante—. Venid pa la carretera.

—Joder, casi me da un infarto —dijo Picas al Lenteja poniéndole una mano al hombro. Se sentía exultante.

—¿Qué te crees? —Apretó los labios en una mueca parecida a una sonrisa, por el dolor—. Nos vamos en coche, como los marqueses.

Era el momento de poner tierra de por medio, cuanta más mejor, y luego esconderse en el agujero más profundo que pudieran. El sol inundaba el horizonte de bellos colores, pero ellos solo estaban atentos a la radio. No daban noticias de la fuga. Esperaban inquietos un control en cada curva de la autovía. La mujer que los había ido a buscar les había pasado dos revólveres, y Picas enseñaba al Lenteja como usarlos. Cuando entraron en los primeros polígonos de la capital y se perdieron en el jaleo de coches que iban a trabajar, se tranquilizaron. Se metieron por calles secundarias, y finalmente entraron en una cafetería a desayunar. Se sentaron en una mesa apartada. Picas cogió la taza entre las manos para entrar en calor y miró a su alrededor, a las caras de la gente, a la tranquilidad que transmitían: eran seres libres. Por primera vez sintió un gran deseo de ser normal, de poder trabajar y de no estar siempre alerta. Aunque eso, para él, siempre sería imposible en el estado Español.

—Es justo ahora la hora del recuento —dijo el Lenteja con una sonrisa, y todos rieron fuerte, nerviosos y contentos.

—Bueno, ahora no hay que perder tiempo. Nos reunimos con los compañeros y a actuar —afirmó Lucía, decidida—. Estamos en un momento crítico, cincuenta y cinco días. El gobierno está a punto de ceder, pero la gente vuelve a trabajar por pura desesperación. Si la gente no sigue la huelga, hay que bloquear como sea el tráfico de mercancías. Tengo un par de planes… —Miró a Picas por un segundo—. Mira, sé que no entraste en esto por la lucha. Debes decidir ahora si quedarte o irte; no es seguro que escuches más si no estás con nosotros.

—Entenderemos que sigas tu camino —aseguró Roque.

—Quédate, compa —dijo el Lenteja—. Nos vendrá bien alguien con tu experiencia. ¿Y qué se puede hacer mejor que ayudar a vencer a esos hijos de puta de arriba?

Se lo pensó unos segundos mientras terminaba el café. Por un lado, con todo el caos y el gobierno atento a la confederación, era un buen momento para dar palos, la poli estaba a otra cosa. Pero, por otro, había visto demasiado.

—Jamás pensé que diría esto, pero creo que es el momento de estar unidos. Unidos todos, no solo los amigos. Es un deber ganar la batalla social.

—¡Bien dicho! —Lenteja le dio un abrazo.

—Muy bien, ¿a alguien se le ocurre dónde golpear? —inquirió Lucía.

—Por supuesto —dijo Picas con una media sonrisa cargada de violencia.

—He de darte una gran noticia. Hemos decidido que ya estás curado y pronto podrás abandonar el hospital. En cinco días a lo sumo.

Rafa estaba sentado frente a Coudo. Emocionado, empezó a estrujarse las manos.

—Queremos que te reincorpores a tu trabajo de inmediato. Aquí tienes un dosier con tu nueva vida y la dirección de tu futuro hogar —dijo enseñándole un manojo de llaves y dejándolo junto a la carpeta—. También tiene información del grupo antisistema en el que debes infiltrarte.

—Pero cuando tenga información que daros, ¿qué hago?

—Contactarás con el servicio de inteligencia, es decir, con nosotros, llamando a este número. —Señaló un papel—. Allí te dirán cómo encontrarte conmigo. No te preocupes, ahora te explicaré todos los detalles a fondo las veces que necesites. Deberás memorizar todo lo que esta carpeta contiene, jamás podrá salir de aquí más que en tu cabeza. ¿Te consideras preparado?

Rafa se levantó de la silla y cogió las manos de Coudo.

—Por supuesto. No sé cómo agradecerle que me dé esta oportunidad de demostrar que ya estoy bien, completamente cuerdo.

—Cumpliendo con tu trabajo, *my friend* —respondió con satisfacción.

—Gracias. Gracias de corazón, doctor.

Al día siguiente dos guardias entraban en la celda individual de un preso. Como habían hecho con los demás, le ataron las manos a la espalda con bridas, lo amordazaron y se lo llevaron. La galería estaba ya casi vacía y los demás detenidos, que llevaban horas escuchando cómo sacaban a los demás, estaban aterrados, sumidos en un silencio mortal.

—¿Dónde nos lleváis a todos? —preguntó uno con valentía.

—Os vamos a liberar. El gobierno ha cedido —dijo el carcelero.

Un rumor corrió rápido de celda en celda, pero los sádicos torturadores no tenían tiempo de deleitarse en esa falsa alegría, aunque les hubiera gustado reírse un poco más de ellos. Bajaron con el nuevo y lo metieron en una sala. Allí, el hombre, que tenía el cuerpo destrozado por las palizas pero el rostro esperanzado por lo que había oído, mudó el rostro en horror. En la gran sala había una fila de grandes barriles por los que asomaban piernas humanas inertes. Al fondo, una pila de cadáveres amontonados. El hombre intentó gritar, pero la mordaza estaba bien colocada. Intentó golpearlos, pero las bridas le mantenían las manos pegadas a la espalda. Los dos carceleros lo auparon y lo llevaron en horizontal hasta un barril. Con los ojos muy abiertos por el pánico, vio cómo lo metían de cabeza.

Los carceleros contemplaron cómo las piernas pataleaban frenéticas.

—Esto es agotador.

—Tenemos que pedir un aumento.

El otro asintió, indignado.

Tres pisos más arriba, en un despacho, el director y el doctor Coudo, con su fuerte acento inglés, discutían acaloradamente.

—¡Le digo que no puede matar a mi preso, el 001 está en un régimen especial!

—¡Y yo le digo que tengo órdenes directas de eliminarlos a todos y cerrar el centro!

—Déjeme que llame al ministro.

—Llame, llame. ¿No ve que no está en el ministerio? Ya he comunicado yo antes y allí no está.

Coudo cogió el teléfono y recibió largas por parte de la secretaria. Maldijo en voz alta. Tenía a 001 listo para ser activado, ¡un espía perfectamente entrenado! Tres meses de trabajo tirados a la basura…

De repente, la puerta del despecho se abrió, y al ver entrar al mismísimo ministro del Interior se levantaron como un resorte a estrecharle la mano.

—Vaya, no lo esperábamos por aquí. Por fin viene a ver las instalaciones —dijo el director, mordaz—. Aunque sea en el día de su cierre.

—Espero que no le impresionen —dijo Coudo, cauteloso.

El hombre lo miró un segundo y habló con un ligero tono de desprecio.

—¿Impresionarme? Soy el ministro de Interior, no el de Turismo.

Los dos rieron pensando que era una broma, pero al ver la cara seria, el entrecejo arrugado, pararon al momento.

—Vengo a repetirles las órdenes: deben desmantelar ya el centro. En una hora no debe quedar rastro, ¿entendido?

—Lo que usted mande, señor —respondió el director—. Pero ¿podemos saber el motivo?

—Hoy se cumple el día sesenta de la huelga y el gobierno está preparando la dimisión. Vamos a dimitir. El Estado no va a retirar los recortes, pero sí a convocar elecciones urgentes. Además, para satisfacer a la calle va a retirar la monarquía. Tras la muerte del chaval en los disturbios de ayer, las manifestaciones son masivas y el paro ha vuelto a subir al ochenta por ciento. La confederación nos ha acorralado y el país no puede soportar más. Solo tenemos dos opciones: sacar el ejército a las calles, dar un golpe de estado y liarnos a tiros, o ceder, y, por lo visto, los de arriba creen que dejando caer al rey y con elecciones anticipadas y algunas concesiones, se acabará la huelga.

—Pero ¿eso qué significa?

—Pues que la oposición va a crear un gobierno provisional, y si lo que hacemos aquí sale a la luz ¡sería horrible! Es un deber proteger al Estado. ¡Desmantelen esto! Yo me voy, nunca he estado aquí, ¿comprenden?

—Sí, señor.

—Perdone, pero el preso 001... —intentó comentar Coudo, pero ya no había nadie que lo escuchase.

El ministro se fue tan rápido como había llegado, pensando con tristeza que era la última orden que daba... En pocos minutos se emitiría por televisión el comunicado de dimisión del Gobierno en pleno. Por suerte, tenía sus ahorrillos en una cuenta en Suiza.

El director bajó a los calabozos casi a la carrera. Cuando entró en la sala de torturas, había uno en el que los pies aún se agitaban y los dos guardias lo miraban impasibles con cara de cansancio. Al verlos así, sintió que la indignación le subía a la boca, pero se contuvo. Los psicópatas eran muy útiles para este tipo de trabajos, pero tenía uno que estar siempre encima, joder.

—¡Vosotros! Se acabaron los cubos. Quiero todos esos cuerpos —señaló la montaña de cadáveres— en la fosa con una buena capa de cal encima, todo tapadito en una hora, ¿entendido?

—Pero, señor...

—¡Ni peros ni ostias! Os enviaré más hombres.

—¿Y los que quedan en las celdas?

—No hay tiempo, nos los llevamos. ¿Cuántos son?

—No sé —dijo uno de los guardias con desdén—, diez o veinte.

—Pues ya sabéis. Que todo quede limpito, ni rastro de

sangre en ningún lado, y sobre la fosa ponéis las cosechadoras y pincháis las ruedas, que no se pueda ver nada. Ya conocéis el protocolo, ¿no? Pues a trabajar.

Los dos hombres se pusieron firmes y el director salió por la puerta.

La puerta de la habitación de Rafa se abrió de golpe, pero esta vez no era el enfermero habitual ni el doctor Coudo, sino dos tipos con cara de brutos con las ropas mojadas y el rostro desencajado.

—Buenas tardes —dijo él algo esperanzado, pensando que quizá era el día de su liberación.

Sin mediar palabra, y sin estrechar la mano que les tendía, le ataron las manos a la espalda con una brida.

—Pero ¿se puede saber…? —preguntó, atónito, hasta que la mordaza le impidió hablar.

Aterrado, vio cómo lo conducían por el pasillo, bajaban unas escaleras y lo sacaban a un patio. Allí lo introdujeron por la parte de atrás en un furgón verde, con dos bancos de asientos a los lados, donde lo sentaron a la fuerza. Otras diez o doce personas estaban ya allí, y su aspecto no ayudó a tranquilizarlo. Todos estaban como él, atados y amordazados, pero tenían manchas de sangre en la ropa, los rostros amoratados y las manos… prefería no mirar esos dedos destrozados. La puerta se cerró de un portazo. No entendía nada, ¿dónde estaba Coudo? Ni siquiera podía hablar para pedir explicaciones. El pequeño camión se puso en marcha con un fuerte tirón y sintió que no podía controlar el pánico.

Picas esperaba bajo los pinos, tumbado. Junto a él y al otro lado de la carretera, otros doce compañeros aguardaban en silencio. Cuando el furgón verde pasó junto a ellos abrieron fuego a las ruedas. El vehículo patinó, se salió al arcén y sin volcar se detuvo entre una gran nube de polvo. Los dos conductores se asomaron a las ventanillas y dispararon con ametralladoras, pero recibieron disparos por todos lados que atravesaban las puertas. En segundos fueron cosidos a tiros. Tras unos instantes de silencio, los asaltantes abrieron la puerta trasera y encontraron trece rostros cegados por la luz y aterrorizados.

—Venimos a salvaros —les dijo Picas—. ¡Coño, Rafa!

Pero este lo contemplaba sin mover un músculo, atontado.

Cortaron las bridas y les quitaron las mordazas. Picas le dio un abrazo y lo cogió por los hombros.

—¿Estas bien? Parece que a ti no te han pegado.

—Yo…

Vio una mirada confundida, como si no lo reconociera.

—¿Sabes quién soy?

Rafa miró nervioso a un lado y a otro, a los liberados que salían y recibían armas de los hombres armados de fuera. Finalmente fijó la mirada en el rostro de Picas.

—No, la verdad es que no.

—No te preocupes —respondió con fingida jovialidad—. No sé si lo sabes, pero el gobierno ha caído.

Rafa no lo miraba. Imitó a los otros presos poniéndose la ropa que les traían sus libertadores y empuñó el revolver que le ofrecían. Empezó a andar detrás de los otros, como ausente, por entre los pinos, bajo la atenta y preocupada mirada de Picas. Llegaron en un cuarto de hora al aparcamiento donde les esperaba el pequeño camión de mudanzas que les conduciría al área metropolitana de Gijón, donde tenían preparados varios refugios. En una hora se dispersarían irremediablemente entre la multitud.

Durante todo el viaje temieron encontrarse con controles o helicópteros, pero no vieron a nadie por la carretera. Extrañados, entraron en Gijón y allí encontraron las calles abarrotadas. Tras un largo atasco aparcaron y se perdieron entre la gente que, cantando y enarbolando banderas republicanas, se dirigía al centro. Una sensación de euforia los invadía a todos, a las madres con sus hijos al hombro, a los trabajadores, a los jóvenes. Una multitud inmensa había convertido el centro de la ciudad en una alegre fiesta, y lo mismo sucedía en el resto del Estado Español.

A empujones entre la multitud llegaron al portal del piso franco donde el grupo de Picas y de Rafa pensaba esconderse de la policía. Era una vieja casa del centro con seis habitaciones, pero tenían varios colchones y la nevera repleta: allí podrían ocultarse un tiempo.

Los miembros del comando autónomo arrojaron sus armas sobre un sofá y se sentaron a una mesa mientras los cuatro liberados que les acompañarían se iban acomodando. Picas invitó a Rafa a unirse con ellos con un gesto.

—Ahora que se forma un nuevo gobierno, debemos presionar para que también retiren todos los recortes. Si no, la gente, entre que espera las elecciones y que cree que con la república ya se ha ganado, vaciará las calles y se perderá fuerza social.

—Yo creo que el plan del secuestro es muy bueno. Si capturamos a un político conocido la presión será mayor.

Todos parecían muy de acuerdo.

—Tenemos vigilado al presidente de la comunidad. Tiene un horario fijo y solo lo acompañan dos escoltas.

Mientras los demás hablaban, Picas no sabía qué hacer. Apenas había conocido a Rafa y en circunstancias normales habría pasado de él, pero todo había cambiado tanto… Es decir, él había cambiado. No podía dejar solo a alguien que había pasado por un centro de tortura, aunque quisiera aislarse. Sin duda, lo habían torturado psicológicamente, estaba ido. Cogió aire y se volvió hacia él.

—Entonces, Rafa, ¿te encuentras bien?

—Eh, sí. —Al sentirse observado, se levantó—. Creo que necesito un poco de aire.

—Abre una ventana, pero no asomes la cara mucho. Cualquier precaución es poca.

Picas se centró en la conversación. No sabía si quería participar en el nuevo golpe, quizá ya era hora de volver con Irene. Sumido en esos pensamientos y rodeado de voces no se dio cuenta de que la puerta de la calle se cerraba a sus espaldas.

Eran las siete de la tarde. En el parque del Ajedrez aún colgaban banderas y carteles de la manifestación espontánea, pero la vida había vuelto a la normalidad. El país ahora era republicano y el discurso del rey, el último que hacía como jefe del Estado, sonaba en todos los televisores de los bares, donde la gente brindaba con alegría. Fuera, los niños jugaban en los columpios, los padres conversaban en grupo y los viejos miraban el atardecer entre los edificios. Y en un banco estaba sentado el doctor Coudo, esperando. En el Servicio de Inteligencia habían recibido una llamada inesperada: el agente 001 quería contactar. En la conversación dijo que, tras haber sido liberado por el comando autónomo, lo trasladaron a un piso del centro y tenía información de su siguiente objetivo. A Coudo lo localizaron una hora antes de coger su vuelo a Estados Unidos y le rogaron que acudiera a la cita, ya que 001 se negaba a reunirse con nadie que no fuera él. Y aunque tuviera que sacar un nuevo billete, lo hacía complacido: era un triunfo para él y para su método, que su obra, su creación más elaborada, Agustín, diera resultados tan importantes: iba a permitirles desarticular el comando autónomo más activo y peligroso del estado.

Sin embargo, cuando 001 se sentó a su lado, estaba demasiado serio.

—Agente 001, cuánto me alegro de verlo. Cuando el furgón fue asaltado, temimos que hubiera sido eliminado por esos subversivos.

Rafa lo miraba sin pronunciar palabra. Estaba sentado en el banco, tranquilo, con un rostro acorde al ambiente que les rodeaba. Las copas de los árboles se balanceaban acariciadas por el viento, los pájaros volaban cerca de sus cabezas piando con alegría... y no abría la boca ni dejaba de contemplarlo.

—Creo que te debo una explicación: cuando el gobierno cayó, un grupo ultraderechista se hizo con el hospital; por eso te sacaron así en ese furgón. Los que estaban sentados junto a ti eran agentes que también fueron capturados y torturados...

—Ya —respondió sin mover un músculo, y fue suficiente para que Coudo sintiera una gran inquietud.

Entre los dos se abrió un silencio prolongado y, al fin, Rafa dijo:

—Cuando vine hacia aquí había pensado sonsacarte mi verdadera identidad, quería saber quién soy. —Coudo se dio cuenta de que le hablaba de tú y sintió que quizá había una esperanza; la conexión emocional creada podía ser su salvación.

—Agustín, te aseguro…

—¡Silencio! Sé que me llamo Rafa, sé que me habéis borrado la memoria. Pero no recuerdo más. ¿Sabes por qué no quiero saber quién soy?

Coudo lo miró con detenimiento y vio un brillo de locura en sus ojos. Una determinación mortal. Bajó la vista y observó que la mano que tenía en el bolsillo abultaba demasiado, tanto como para que quizá empuñara un arma.

—No lo quiero saber porque no pienso seguir viviendo. Todas las noches me asaltan pesadillas, recuerdos de estar encerrado en esa sala, luces que parpadean, sonidos estridentes y una voz que me repite una y otra vez frases sin sentido…

—Agustín, siento mucho que no te hayas recuperado, pero te aseguro que todo lo que hice fue por tu bien. Ahora tienes un brote y confundes tu imaginación con la realidad.

—¡Cállate! —gritó inesperadamente, y varias personas se volvieron durante unos segundos a observarlos. Coudo les pidió ayuda en silencio, pero al verlos tranquilos la gente volvió a sus cosas—. Perdona, doctor. Para mí has sido un apoyo muy grande ahí dentro. Fuiste mi único amigo cuando todo a mi alrededor me oprimía. Pero sé que formaba parte de un plan. Sé que todo es mentira, y voy a suicidarme. —Sacó un poco una pistola del bolsillo para que la viera—. Pero te vendrás conmigo.

—¿Puedo hacerte una pregunta antes?

Rafa lo miró un par de segundos, bloqueado. Luego asintió despacio.

—¿Qué significaba el barco? El que dibujaste en el papel. ¿Ese fue el momento en que empezaste a recordar?

—La verdad, no lo sé. —Rió con dureza y fuerza durante medio segundo—. Solo recuerdo a una chica, una barra, suena la música…

Rafa se giró ensimismado hacia la fuente, moviendo los labios sin pronunciar nada, perdido en su mente. Coudo se decidió a actuar, a abalanzarse sobre él; tensó las músculos y… Rafa volvió al momento en sí mismo y sacó la pistola. Lo miró a los ojos y le apuntó a la frente.

—Adiós, Agustín, has sido mi mejor obra.

—Adiós, doctor, y gracias. De corazón.

Un disparo, y Coudo se desplomó sobre el banco; su cuerpo se deslizó lentamente al suelo. Gritos alrededor.

Otro disparo, y una bala atravesó la sien de Rafa, que cayó muerto, al fin en paz.

EL DESPERTAR DE JIAN GAO

1

Tres siluetas femeninas empezaron a contonearse como cobras detrás de sendos velos de seda, mientras el guzheng, las flautas y laúdes entonaban un ritmo misterioso y sensual. Los dos hombres estaban sentados lo suficientemente lejos del resto de cortesanos como para que nadie oyera sus palabras, alzados en el grada central del teatro. Un candelabro con una sola vela encendida les iluminaba tenuemente. Qiang, el Gran Shi del rey, cubría sus orondas carnes con una gran túnica verde con bordados de oro. Su barbilla se confundía con su gran papada, que se desplegaba en ondas hasta perderse en los pliegues de su manto. Le acompañaba Do Kun, el consejero de los susurros, cuya silueta alzada sobre los cojines y ligeramente inclinada semejaba a la de un cuervo en su nido.

—Debemos matarle —dijo Qiang.

En vez de hacer el asentimiento de rigor, signo de acatación de la orden, Do Kun lanzó una breve mirada asombrada a su acompañante, mientras un tic involuntario contraía su mejilla. Oficialmente Qiang era su superior; de hecho, como Gran Shi, era la segunda persona más poderosa de todo el reino. Pero en la intimidad de la conspiración se trataban como iguales.

—¿Piensas desobedecer una orden del rey? —en la voz de Do Kun no había asomo de asombro o indignación. El jefe de los espías no apartaba los ojos de las bailarinas. Cuando bebía, su nariz curva entraba en la copa como el pico de un cuervo.

Los ojos de Qiang brillaron de excitación mientras caían los tres velos mostrando los cuerpos de las mujeres, pero su respuesta resultó carente de vida.

—Es el joven príncipe quien ha pedido que le traigamos, no el rey. Un niño de doce años no sabe lo que quiere... le mataremos y se acabó el problema.

—Pero el rey no se ha negado al deseo de su hijo, y estaba presente cuando hizo su petición. Sabes tan bien como yo que si se nos implicara en ese asesinato nos cocerían vivos por traición.

Los traidores y rebeldes más destacados eran cocidos a fuego lento durante toda la noche. Los torturadores procuraban provocar el mayor sufrimiento posible, evitando con diversas técnicas el desmayo o la muerte prematura. Habían perfeccionado su arte hasta conseguir que el reo muriese justo al despuntar el alba, después de sufrir los más indecibles dolores, cocido vivo en la gran olla humeante. No se conocía una tortura tan refinadamente terrible ni dolorosa como la elaborada por los verdugos de las mazmorras reales.

—¿Entonces debemos traerlo? Llenará la cabeza del príncipe de ideas raras, ¡es un hereje!, y necesitamos que el heredero sea obediente a nuestro mandato si queremos conservar el control —susurró Qiang con violencia—. Tus asesinos son infalibles.

Do Kun dio otro sorbo a su néctar como ordenando sus ideas.

—Es improbable que mis asesinos fallen, pero no imposible. Además, ese Lao Tse podría resultarnos útil si le atraemos a nuestra causa. Permíteme que cite a Confucio: cuando gobernamos por la fuerza de las armas, solo el miedo hace que la gente obedezca. Necesitamos gobernar por la fuerza de la moral, solo así pacificaremos el país.

—Entiendo. Si conseguimos el apoyo de ese profeta desharrapado... muchos abandonarán la rebelión armada —Qiang se giró a mirarle, y su papada tembló a cada movimiento.

—Exacto, si fuera el instructor de Sanjian sus seguidores dejarían de acosar al reino, al menos con las armas. El poder real está tan debilitado que, o dividimos a nuestros enemigos, o seremos derrotados.

Las bailarinas mantenían dos últimos velos, uno en el rostro y otro en la cintura. Dos aceitosos bailarines, totalmente desnudos y con los miembros erectos, habían entrado en escena y las miraban silenciosos desde los laterales del escenario.

—Pero puede que en vez de seguirnos el juego meta ideas subversivas en la mente del joven príncipe. Es muy arriesgado —barbotearon los grasientos labios de Qiang.

—¿Arriesgado? —un nuevo temblor contrajo la mejilla de Do Kun—. Como bien sabes, soy la persona mejor informada del reino, y aunque jamás diría esto en público, seguimos en grave peligro. No tenemos comunicación con las dos provincias del este, que probablemente ya hayamos perdido. En todas partes aparecen patrullas de soldados muertos, robos en graneros estatales... ayer llegó la noticia de que al gobernador de Yungdao le han cortado la cabeza y la han arrojado a los cerdos. Son ya siete las gobernaciones del sur que han ardido junto con los títulos de propiedad. Los campesinos se apoderan de las tierras, mientras que los nobles exigen que actuemos con severidad y contundencia, o amenazan con dejar de obedecer la autoridad real. Parece que va a haber buena cosecha y se acabará la hambruna, ¡los dioses nos oigan! pero los nobles y el pueblo saben que el rey está enfermo. Debemos tomar medidas extremas, debemos arriesgar. Lao Tse es el profeta más seguido, si lo atraemos a la causa podremos pacificar el país.

—Y sin embargo me reconocerás que acercar al príncipe a un andrajoso iluminado es bastante arriesgado.

—Solo royendo su pata escapa el zorro del cepo. Me temo que este es un juego de todo o nada, mi querido Qiang.

—Está bien —el Gran Shi hizo un gesto con sus dedos regordetes y el mayordomo de palacio se acercó discreto y diligente—. Que venga Ling Lun -dijo refiriéndose al capitán de la guardia real.

El mayordomo empezaba a retirarse cuando la voz de Do Kun le detuvo.

—Y también llama a Jian Gao.

Qiang miró con sorpresa al consejero de los susurros.

—¿Para qué quieres a un calígrafo?

—Mariposa Juguetona es diplomático, sereno, pacífico, y absolutamente fiel al reino. Es un embajador perfecto para atraer al profeta rebelde. Además, se me ocurre que le podemos encargar que transcriba sus enseñanzas. El viejo se sentirá encantado. Debemos adularle.

Qiang asintió con una sonrisa astuta. Hizo un leve gesto con la mano y el mayordomo se retiró con una reverencia.

2

Para entrar en la escuela de calígrafos había que cruzar un pequeño puente sobre el único estanque muerto del Palacio Imperial. Sus aguas sin vida poseían la negrura más profunda, consecuencia de la tinta desechada diariamente en las clases del maestro Fú Li. Siempre que la cruzaba, Mariposa Juguetona se sentía extrañamente en paz, como si superara un foso que protegiera a la escuela del resto del mundo. Durante toda su infancia había hecho esa misma ruta diariamente, a la ida y a la vuelta. Dichosa época perdida en la que aún las preocupaciones no le acosaban. Desde el mismo puente pudo escuchar la "Canción del cuerpo" entonada por una veintena de voces.

«La cantidad de tinta del trazo debe ser comparable al flujo de sangre de la vena tirea.

Los bordes del trazo deben curvarse como lo están los huesos de las falanges del dedo meñique, anular o corazón, según la importancia de la línea.

El grosor del trazo es la carne del cuerpo, y debe estar proporcionada en todas sus partes para lograr la armonía global...»

En el patio central del edificio los alumnos estaban arrodillados sobre sus cojines, recitando con la espalda bien erguida. Frente a ellos esperaban los instrumentos y las tablas, aún intactas. El viejo Fú Li paseaba entre ellos jugando con la fina vara de sauce entre sus manos cruzadas a la espalda. Con frecuencia esa vara había despertado a Jian Gao, su zumbido avisaba del golpe un instante antes del doloroso castigo. ¡Cuántas veces había deseado tumbarse a dormir sobre las cálidas losas rosadas del patio! El viejo maestro le vio y le hizo una señal para que se acercara. Agachó la cabeza en un gesto de obediencia que ya no le debía, por pura costumbre.

—Jóvenes, este es Jian Gao, al que todos conocéis como Mariposa Juguetona.

Los estudiantes le miraron con atención extrema. Tuvo que contener su turbación, y se sintió culpable por ello.

—Hace apenas siete años que dejó la escuela.

—Cinco, maestro.

—Ya veis, cinco años solo, y ahora escribe para la misma reina. Pero Mariposa Juguetona tiene una gran enseñanza detrás. Su muñeca no quería hacer los trazos cuadrados y sólidos propios de la escritura oficial, yo pensaba que era un alumno perdido. Supo ser fiel a su destino, insistió en su estilo, y … pero cuéntanos tú mismo.

—Pues… es bastante sencillo. La reina vio un texto mío, y le encantó, por eso ahora trabajo en palacio.

—¡Es muy modesto! La mismísima reina vio su arte y quedó prendada. ¿Qué dijo de tu estilo?

¿Por qué le hacía pasar por esto?

—Dijo que mi escritura era ligera como nube flotante, y vigorosa como dragón asustado.

—¡Ya veis! Muy bien, ¿tienes algo que decirles? Esperan tus consejos.

Jian Gao asintió. Había pensado toda la noche en las palabras que ahora iba a decir a los futuros calígrafos.

—Trabajad duro, no paréis de escribir y escribir durante el día, pues la constancia es el único secreto del maestro. Pero cuando llegue la noche relajaos y disfrutad. La comodidad y el descanso es imprescindible para lograr la perfección del trazo. Y dejaos llevar por vuestro instinto, adaptad la norma a vuestro propio estilo.

—Pero para saltarse la norma, primero hay que conocerla, ¡así que a practicar! Venga, todos a dibujar la siguiente grafía: bandada de gansos.

Los alumnos empezaron a remover el polvo de tinta con el agua en la piedra de mezclas. Fú Li le puso una mano en el hombro, mirándole con picardía.

—Pues ya ves, mis alumnos querían conocerte. Muchas gracias por venir, todos te admiran terriblemente. Eres un ejemplo para ellos, y no solo para ellos, para muchos de la casta de artesanos. No eres hijo de noble y has llegado a lo más alto, algo muy extraño en este mundo. Yo pude ver al rey alguna vez, pero jamás he sido honrado con su dictado, ni mucho menos con su halago. ¿Cómo te va en palacio?

—A menudo transcribo conversaciones. Es agotador.

—¡Vaya manera de desperdiciar tu talento! Ponerte a transcribir conversaciones, como si fueras un vulgar funcionario. ¿Y la reina? ¿Pide tus servicios?

—A veces. Pero cada vez menos.

Estuvo a punto de mencionar la enfermedad del rey, pero todos habían recibido la prohibición de hablar de ello, de modo que guardó silencio repentino. Fú Li lo interpretó como preocupación.

—No temas, es difícil que seas expulsado de la corte una vez has entrado en ella —de repente se giró y alzó la vara a un alumno—. Levanta ese codo. ¡Más suelta esa muñeca!

Continuaron su paseo por el jardín de la escuela. Casi

ocultas por las ramas de los sauces había diseminadas aquí y allá numerosas losas verticales. Cada una de ellas tenía inscrita una grafía de algún maestro calígrafo, algunas tan antiguas que el tiempo había agrietado su superficie. A menudo había numerosos jóvenes y viejos calcando con cera y papel los trazos de los maestros, pero todavía era muy temprano para visitas, se encontraban solos.

—Maestro, me he sentido incómodo hablando a todos tus alumnos.

—¿Has pensado qué grafía grabarás en tu losa?

Jian Gao tuvo la sensación de que no le escuchaba.

—Aún no lo he decidido. Pero maestro, mi escritura no vale demasiado. Ola Vigorosa o Ratón Saltarín escriben mucho mejor que yo.

—¿Y quién decide eso? Para el burro el heno vale más que el oro. Y tus dedos son de oro, ¡aunque los burros no lo vieran a tiempo!

Parecía haber olvidado cuántas veces le había golpeado con la vara de abedul exigiéndole más claridad, diciéndole que sus trazos resultaban demasiado extravagantes. Y Jian Gao sabía que tenía razón: si no hubiera sido por el capricho de la reina estaba seguro de que habría acabado renunciando a su sueño. Viviría en el barrio de artesanos como aprendiz de su padre tejiendo seda, o pintando abanicos para las damas de la corte.

Al otro lado del patio, más allá de los sauces llorones, vieron correr por la galería a un mensajero real, inconfundible por su sombrero con bolillos rebotando ridículamente, y el sonido de sus cascabeles, que indicaban a todos que se le debía franquear el paso a toda costa. Fue acercándose hasta ellos, y para sorpresa de Jian Gao se inclinó ante él.

—Mi señor, el Gran Shi le reclama en el Teatro Pelícano.

—Pero no tengo aquí mis instrumentos –balbució confuso Jian Gao.

—No se te requiere para escribir —repuso inescrutable el mensajero.

Jian Gao se quedó paralizado. La débil mano del anciano empujándole levemente por la espalda activó sus pies, que siguieron al mensajero real.

—La suerte te sonríe, pequeño, ¡ve a tu destino! —le dijo Fú Li con amplia sonrisa; pero Jian Gao solo sentía miedo.

Apenas tardaron unos minutos en llegar a la luminosa Plaza de la Victoria. Al entrar en la penumbra del Teatro Pelícano quedó momentáneamente ciego. El mayordomo le cogió de la mano y le guió por entre el público iluminando el camino con su linterna de papel. Cuando llegaron al reservado la luz de la vela le permitió distinguir a los dos consejeros sentados, y junto a él, al serio Ling Lun, capitán de la guardia.

—Aquí tenemos al mejor calígrafo del reino —anunció la voz de Qiang.

Jian Gao agachó la cabeza.

—¿Veis, mi señor Do Kun?, el joven además es modesto.

—Divina juventud, esperemos que los años y el éxito no te vuelvan orgulloso —afirmó el consejero de los susurros mirándole inquisitivamente, con una sonrisa que más parecía un rictus.

Jian Gao, ya no pudo soportar tanta incomodidad y miró al escenario, pero allí unos musculosos hombres estaban penetrando rítmicamente a tres bailarinas. Agradeció a los dioses que la oscuridad ocultara el enrojecimiento de sus mejillas.

—Ling Lun, trae vivo a Lao Tse hasta la corte. Lleva un

palanquín y trátalo como si fuera yo mismo durante el viaje. Pero no dejes que nadie le acompañe —ordenó Qiang.

El duro capitán asintió con rapidez.

—Mariposa Juguetona, tu misión es ser lo más amable posible con el anciano durante el viaje. El joven heredero quiere conocerle. Transcribirás sus enseñanzas durante su estancia en palacio —dijo Do Kun—. Debes conseguir a toda costa que el profeta entienda que no somos su enemigo, que queremos el bien para el pueblo tanto como él. Si así lo haces, serás recompensado.

—Gracias, Gran Shi, aunque realmente no necesito nada…

—Sé que lo harás correctamente –le interrumpió Do Kun—. Tu honor está en juego. Y el de tu familia, por supuesto.

Jian Gao, perplejo por la extraña misión, salió del teatro acompañado del capitán. A medida que se iba perdiendo entre la balumba de gentes de la plaza, más convencido estaba de que las palabras sobre su familia habían sido una amenaza velada.

3

Los espías de Do Kun habían informado que Lao Tse se alojaba bajo una identidad falsa en una pensión en la aldea de Zongxie, muy cerca del paso al reino de Wo, y que estaba a punto de cruzar la frontera. Había que capturarlo antes de que lo hiciera, de modo que Ling Lun había escogido veinte soldados, y tomando los mejores caballos del establo de la guardia habían cabalgado toda la noche sin descanso.

Jian Gao les había ralentizado y obligado a detenerse un par de veces, provocando un terrible enfado en el capitán. Pese a viajar con mucho menos peso que los jinetes de la guardia real, cubiertos por sus armaduras y armas, apenas había montado una decena de veces en burro, y por supuesto nunca en un corcel de guerra. La montura sentía su inseguridad y no obedecía sus órdenes, y hasta había llegado a detenerse a mordisquear la hierba del camino. Finalmente Ling Lun le subió a su caballo y ató la rienda de la montura de Mariposa Juguetona a la cola del suyo. Al subir le dijo con violencia "como se nos escape Lao Tse no quedarás sin castigo". Cabalgar en la misma silla que el capitán fue terriblemente incómodo, todo el viaje fue clavándose el pomo de la silla de montar, pero no se atrevió a decir nada. La claridad del nuevo día comenzaba a iluminar el paisaje cuando los veintiún jinetes entraron por la calle principal de la aldea, despertando a algunos temerosos campesinos, que les miraban con desconfianza medio ocultos en ventanas y portales. Jian Gao pudo ver por primera vez en su vida la auténtica miseria. No era estúpido, sabía que el hambre era una de las causas de la rebelión. Pero una cosa era la teoría, una palabra como otra cualquiera, y otra muy distinta ver la miseria con tus propios ojos. Un niño jugaba con un palo a correr una rueda, y antes de que llegaran a su altura su madre le llamó a gritos asustados y lo escondió en una casa. Sus ojos se cruzaron por un instante con los de Jiang Gao, y éste se sorprendió del intenso miedo que transmitían.

—¿Creerán que comemos niños? —dijo despectivo Ling Lun.

—Realmente todo es miseria en estas aldeas —Jiang Gao tuvo que decirlo, aunque sabía que su comentario no sería bien recibido.

—Entre la miseria se esconde muy bien la herejía.

Jian Gao asintió al capitán, pero no podía compartir su rencor ni su firmeza; no viendo las calles embarradas, los rostros chupados de hambre, los viejos enfermos, la pestilencia insoportable. Y sobre todo el miedo. ¿Por qué las cosas no podían ser sencillas? Blanco o negro, bien y mal.

—De aldeas como esta surgieron los que quemaron vivos a los cien de Rowen —insistió Ling Lun.

Hace dos años, en Rowen los rebeldes atrancaron las puertas del templo y lo incendiaron. Dentro se hallaban los gobernadores, los más ricos propietarios, terratenientes y comerciantes, los altos mandos del ejército y de la guardia local. Eliminados todas las autoridades la revolución se extendió imparable por la comarca. Meses después Jian Gao oyó que la insurrección "fue sofocada exitosamente". No quería pensar qué se ocultaba tras ese eufemismo.

Cuando llegaron a la posada no vieron ninguna luz encendida dentro. El edificio tenía una planta superior con una entrada principal, y un patio cercado por un muro de piedra con un portalón para monturas y carros.

—Vosotros cinco, conmigo. Los demás rodead el edificio, que nadie salga o entre.

Tuvo que golpear varias veces la aldaba del portón, y ya ordenaba a sus hombres que derribaran la puerta cuando se abrió un ventanuco enrejado. La cabeza del posadero apareció asustada barboteando palabras inconexas. A Mariposa Juguetona le pareció entender que temía que le destrozaran el local.

—¿A quién ocultas aquí dentro, mequetrefe? —le gritó el capitán—. ¡Abre o echo la puerta abajo!

Lamentándose de la agresividad del militar intervino conciliador:

—No temas, nada te sucederá si nada ocultas.

Los cerrojos se descorrieron al fin. Ling Lun apartó de un empellón al posadero y tras él entraron sus hombres en tropel. Jian Gao podía leer un miedo aterrador en el dueño, el miedo del que sabe que puede perder algo peor que la vida, y empezó a sospechar que el capitán tuviera razón.

En el interior había un salón con mesas y chimenea y unas escaleras que subían al piso de arriba.

—Traedme a todos los clientes.

Sus hombres subieron los escalones de tres en tres y enseguida despertaron a voces a los que dormían en las habitaciones. Una heterogénea mezcla de personas fueron bajando a trompicones con cara de miedo y de sueño. Se fueron apelotonando en el salón, algunos amagando palabras de protesta, todos envueltos en mantas o capas largas. Mercaderes, prostitutas y sus clientes, viajeros... ningún anciano. Uno de los hombres de fuera entró corriendo.

—Señor, alguien ha intentado saltar el muro del patio, pero al vernos ha vuelto dentro.

Salieron por una puerta al patio interior de la posada, y se encontraron con las puertas del establo cerradas. Dio orden a sus soldados para que entraran, pero en ese momento salió un grupo de gente de allí. Todos eran varones jóvenes, y entre ellos, un anciano. ¿Sería Lao Tse?, se preguntó Jian Gao con escepticismo. Tenía ropas raídas y sucias, estaba muy encorvado y su barba blanca enredada le colgaba hasta casi tocar el ombligo. Les miraba con miedo y sus gestos transmitían temor y perplejidad. No podía ser él, y sin embargo el consejero de los susurros no solía equivocarse.

—¿Quién eres?

En su lugar respondió uno de los jóvenes que dormían con él en el establo.

—Es Qamin, un anciano sordomudo, viene con nosotros de la aldea de Ro, sus nietos le cuidamos, mi señor —dijo tras postrarse ante Ling Lun en el suelo lleno de boñigas.

—¿Dónde os dirigís? —dijo el capitán andando entre ellos para observarles con detenimiento.

—Cruzamos la frontera para buscar un futuro mejor. Nuestra aldea ha sido arrasada por la guerra, mi señor.

El viejo miraba a un lado y a otro con aire confuso y los jóvenes se mostraban asustados y sumisos. Lao Tse parecía habérseles escapado, pensó Jian Gao con cierta desilusión. Le hubiera gustado conocer al famoso profeta al que las masas seguían, pero quizá una voz vigilante les había alertado a tiempo de su llegada.

—Quitaos los ropajes —ordenó Ling Lun poniendo inesperadamente la mano en el pomo de su espada.

Jian Gao advirtió que todos portaban ropajes largos, en vez de las habituales ropas de esparto de los campesinos. Los jóvenes le miraron sorprendidos pero no obedecieron. Ling Lun desenfundó su espada, y al instante todos sus hombres le imitaron. Para su sorpresa en las manos de todos los jóvenes aparecieron armas de buen bronce. Solo el gesto perentorio del anciano, alzando la mano y dando la orden de alto, detuvo la pelea. Se creó un espeso silencio mientras los dos grupos, igualados en fuerza, se evaluaban en silencio. En los rostros de los jóvenes brillaba ahora un resuelto desafío, y Jiang Gao se temió lo peor. Algunas de las armas que portaban los rebeldes eran de soldados, sin duda robadas en combate. Retrocedió prudentemente al quicio de la puerta que daba a la posada. El joven que había hablado antes, tenía ahora una pequeña ballesta cargada en su mano firme, con la que apuntaba a Ling Lun. El aire de inocencia y despiste del anciano, que se había situado entre los dos grupos, había dado paso a una mirada inteligente, pero carente de todo miedo, odio o tensión. Al contemplar su rostro, firme y sereno en medio de los dos grupos, Jiang Gao entendió que se encontraba ante el legendario Lao Tse.

—¿Sigues negando que eres Lao Tse, anciano? —gritó el capitán.

—Lo soy.

—Tengo orden de llevarte a palacio.

—Si alguien se atreve a tocarle, morirás -dijo el joven alzando levemente la ballesta.

—También moriréis vosotros.

—Estamos preparados para morir.

—Nosotros también —fanfarroneó Ling Lun, de manera totalmente innecesaria.

—No pensamos dejar que os lo llevéis, sabemos bien qué hacéis con los prisioneros.

—No vamos a hacerle daño, os doy mi palabra de honor —intervino Jian Gao.

El joven rió con desdén.

—¿Y quién eres tú?

—Soy el calígrafo de palacio, y os aseguro que no hay intenciones violentas hacia él.

—¿Podéis jurarlo? —intervino el anciano.

—No puedo, pues solo cumplo órdenes, pero puedo asegurar que las intenciones por las que sois llamado a palacio son inofensivas. El joven príncipe ha expresado el deseo de conoceros.

—Es mentira —gritó el joven.

Lao Tse hizo un gesto para que callara.

—Si dejas que mis acompañantes crucen libres la frontera, iré contigo —dijo mirando al capitán.

—¡Pero Lao! —le gritaron varios.

—No tengo nada que temer, este calígrafo dice la verdad.

—Pero pueden haberle engañado a él.

—Correré el riesgo.

Ling Lun estaba dubitativo, pero Jiang Gao temía la masacre. Alguien debía impedir que las ansias de sangre del joven y del capitán terminaran provocando una tragedia. Para su propio asombro tomó la iniciativa.

—Capitán, retire a sus hombres, aceptamos el trato.

Ling Lun le miró atónito por su atrevimiento.

—Jian Gao, no podemos dejar libre a ningún rebelde, las órdenes son tajantes...

—No tema capitán, yo respondo ante Qiang, es mi decisión.

Finalmente Ling Lun hizo un gesto y los soldados se retiraron.

—Venga conmigo, honorable Lao Tse, —dijo Jian Gao-. Sus amigos podrán moverse libremente y cruzar la frontera si lo desean. El viaje hasta palacio nos llevará todo el día, lo conveniente es que salgamos ahora mismo.

Aceptó su mano, y los rebeldes enfundaron al fin sus armas.

4

Jian Gao esperaba nervioso a que les dieran paso al salón del trono, con el anciano cogido del brazo. Era increíble lo que había cambiado tras tres días en palacio. Las ropas raídas habían dado paso a un vestido de seda color cereza, y su larga barba enredada había sido lavada, cepillada y trenzada dándole un aspecto regio. Nada podía adivinarse de sus orígenes pobres, salvo su boca desdentada y su manía de mirar directamente a los ojos de todos, sin respetar jerarquías. Por fin las puertas doradas de la sala de recepciones, tan altas como tres hombres y cubiertas de una pátina de oro labrado, se deslizaron abriéndose a la vez, mientras un gong acompañaba su entrada. La sala del trono era rectangular y de alto techo, con paredes rojas y columnas azul celeste en las que se enroscaban dragones, fénix, tigres y demonios. A los lados se agolpaba la corte, observándoles mientras avanzaban al lento paso del anciano. Al fondo podían ver el inmenso trono real vacío, no así los dos tronos secundarios que lo flanqueaban. En uno se sentaba la madre consorte, la reina silenciosa, que había intercedido por Jian Gao y su arte. Tapaba su rostro con un abanico, de modo que era imposible saber qué emoción despertaba la visita en ella. Aquella joven de belleza increíble, madre del futuro rey, había llegado a palacio hacía diez años, pero todavía conservaba la timidez y el recatamiento de una recién llegada. Quizá por eso recibía el favor del rey, que había escogido a ella como su consorte y a su hijo como su príncipe heredero. A juzgar los cuentos que Jian Gao había escuchado, era inaudito que una reina no estuviera constantemente conspirando para acumular poder, pero ese parecía ser el caso de la silenciosa reina actual. Algunas voces, seguramente azuzadas por las siete mujeres restantes, decían que la pasividad y timidez eran un teatro, y que en la soledad de la alcoba susurraba palabras mágicas de embrujamiento a oídos del rey. Jian Gao no creía eso. Había oído que el monarca había escogido a sus esposas dándoles la orden de que deshicieran un ovillo enredado sin romper el hilo. Luego las observaba oculto tras un falso muro, para calibrar su belleza, y sus gestos. Decían que si observaba el menor gesto de molestia o hastío las devolvía para casa. No sabía si la consorte había deshecho el ovillo con paciencia infinita, pero desde luego encajaba con la personalidad de la joven. Probablemente no diría nada en toda la reunión.

El otro asiento secundario que flanqueaba al trono vacío del monarca era el trono del heredero. Estaba ocupado por Sanjian, el futuro rey, que les observaba con interés. También había un grupo de consejeros al pie del estrado, y delante de ellos Qiang y Do Kun, siempre juntos. Lao Tse avanzó apoyándose en su bastón hasta el pie del trono.

—Te encuentras ante Sanjian, príncipe del gran reino de Chu, y dueño legítimo del mundo por mandato celestial — anunció Qiang.

El Gran Shi, siempre cuidadoso con su aspecto, vestía una holgada túnica de seda amarilla que disimulaba su gordura, con motivos de bueyes cosidos. Los bueyes eran señal de abundancia, pero Jian Gao pensó que animales de tan exquisitas carnes eran poco apropiados, incluso ridículos, en alguien tan gordo. Hizo una reverencia y se situó en el cojín reservado al calígrafo, cerca del estrado del trono. Cogió la barra amarilla de tinta oficial y deshizo un buen pedazo con unos pellizcos rápidos. El polvo dorado cayó sobre la piedra de mezclas, donde vertió un dedal de agua. A su lado tenía desplegados sus pinceles ordenados de menor a mayor trazo: de ratón, de conejo, de cabra, de caballo y de tejón. Cogió el pincel con pelos de conejo, para transcribir conversaciones se debía escribir con trazos breves y rápidos. Había escogido unas varillas atadas de bambú para registrar las enseñanzas de Lao Tse, formando un libro que se enrollaba como una persiana. El bambú no tenía la nobleza de la seda pero aguantaría mejor el paso del tiempo. Tras haber conocido al anciano, no le cupo duda de que era el material más adecuado.

El príncipe tomó la palabra.

—He oído que predicas el camino del Tao entre los súbditos del reino. ¿Por qué lo haces?

—Lo hago porque creo que es lo correcto. **En armonía con el Tao el cielo es claro y espacioso. La tierra sólida y plena. Todas las criaturas florecen juntas, contentas con lo que son, repitiéndose sin fin, renovándose sin fin. Cuando lo masculino interfiere con el Tao, el cielo se ensucia, la tierra se empobrece, el equilibrio se viene abajo, las criaturas se extinguen.**[1]

—Pero, ¿eres un rebelde? ¿Qué buscas obtener atrayendo a todos a tus enseñanzas?

—Con respecto a tu pregunta de si soy un rebelde, te diré que jamás he promovido la violencia. **El maestro mira las partes con compasión porque comprende el todo.** Tampoco intento que nadie me siga, me admire, o me obedezca. **La práctica continua del maestro es la humildad. No brilla como una joya, pero se deja moldear por el Tao. Tan fuerte y común como una roca.**

---

1 Las partes destacadas en negrita son extractos literales de *El Camino del Tao*.

—Me han dicho que no hay nada que puedas enseñarme, pero también sé que en el reino mucha gente te sigue. ¿Cómo es posible que no dejes a nadie indiferente? Comparte conmigo tu mensaje.

—Puedo hablarte del camino de la virtud, y su poder. Todos podemos escoger el camino del Tao. No hay nada peligroso en él, y sin embargo su poder es infinito y eterno.

—¿Pero qué es el Tao?

Lao Tse sonrió levemente.

—**El Tao que se puede expresar con palabras no es el verdadero Tao.**

—Eso confirma, mi señor -interrumpió Do Kun con gesto astuto-, que no tiene nada que enseñarte. Todo lo que diga a continuación será mentira, él mismo lo ha reconocido.

—Continúa —dijo el joven tras asentir al consejero de los susurros.

—El Tao está en ti y el único lugar donde puedes encontrarlo es en tu interior. Del mismo modo que el dedo que señala a la luna no es la luna, la palabra Tao no es el Tao. Tienes que descubrir quién eres más allá de lo que tu mente te dice que eres. Sin embargo, intentaré guiar tu búsqueda con mis torpes palabras —el niño estiró ostensiblemente su cuerpo hacia el anciano—. **Algo existía antes que todas las cosas, algo es la madre del universo y está en todo lo que nos rodea. Es algo perfecto y sin forma. Era, es y será eternamente algo sereno, vacío, solitario, invariable, infinito. Por no encontrar un nombre más apropiado, lo llamo Tao.**

—Creo que algo así he sentido cuando miro las estrellas, esa calma eterna... ¿Entonces todo viene del Tao?

—Exacto, el universo está compuesto por incontables formas y tipos de formas, y todas ellas, en esencia, somos Tao.

A nadie pasó desapercibida la herejía de incluir a los humanos como un tipo de cosa más, pero ninguno de los presentes se atrevió a decir nada.

Sonó un gong lejano. En ese momento la reina se giró hacia su hijo.

—Joven príncipe, es la hora del baño.

Corrió escaleras abajo seguido de su madre, pero la voz del anciano le detuvo.

—Antes de irte, dime, ¿quién eres?

—¿Cómo se atreve? —la voz de Qiang sonó indignada, pero no muy alta; el príncipe se había detenido con una sonrisa.

—Soy Sanjian, heredero de la sagrada dinastía Zhou, príncipe del reino de Chu y dueño legítimo del mundo por mandato celestial.

En vez de hacer una reverencia el anciano guardó silencio mirándole, y toda la sala esperó a que dijera algo, pero fue el príncipe el que volvió a hablar-. Pero en esencia, soy Tao.

Al fin Lao Tse hizo una profunda reverencia al príncipe, con una amplia sonrisa en su rostro. Su barba blanca tocó brevemente el suelo.

—¿Volverás mañana a verme?

—Si así lo deseas, volveré.

—Lo deseo.

El príncipe corrió tras la madre consorte. Los pasos atropellados del muchacho se perdieron entre los visillos tras el estrado del trono. Lao Tse abandonó la estancia bajo la condenatoria mirada de los consejeros, y la curiosidad asombrada de Jian Gao.

5

Al día siguiente Jian Gao acompañó a Lao Tse al patio de juegos de palacio.

Pasaron varias horas sin que el príncipe llegara. Un consejero de bigotes finos que le colgaban hasta la altura de los hombros se paseaba por entre los rosales, protegido del sol por la sombrilla que portaba un sirviente. Inesperadamente el anciano se acercó a él para preguntar por el príncipe, para terror de Jian Gao.

—Sanjian está atendiendo a sus súbditos en el salón del trono en ausencia de su padre. Es por eso que tardará en venir —contestó el consejero con esa mezcla de incomodidad y condescendiente cortesía que parecía despertar Lao Tse en las personas más poderosas.

Jian Gao agradeció a los dioses que no preguntara más, había demostrado tener un nulo sentido del tacto y del protocolo. El consejero se fue con ostensible alivio, y el anciano dirigió su atención al escriba.

—¿Por qué no vendrá a vernos?

—Bueno, no sé exactamente.

La mirada silenciosa del viejo seguía clavada en él, y le hizo sentir incómodo. En palacio siempre era peligroso hablar de más, y se sorprendió a sí mismo haciéndolo.

—El príncipe debe atender a los solicitantes que vienen a palacio. Es su obligación. El rey está enfermo. Para que no haya un vacío de poder ¿entiendes? Deberemos esperar, noble anciano.

Al fin los ojos cercados de arrugas del anciano dejaron de escrutarle. Los dos pasearon por los jardines, y finalmente se sentaron en un banco frente a un estanque en el que croaban infinidad de ranas. Lao Tse se mostró interesado en aprender a escribir. Mariposa Juguetona le mostró algunas grafías dibujando con un palito en la arena del camino.

—¿Cómo se escribe Tao?

—Pues no lo sé, creo que no existe una grafía para decir Tao. Podría crearla —pensó súbitamente al recordar la losa vacía que tenía asignada en la escuela de calígrafos.

—Vive el Tao antes de hacerlo.

—¿Y cómo puedo vivir el Tao?

—No pienses.

—¿Pero cómo podemos salir de los pensamientos? Después de uno viene otro y otro, no hay manera de escapar de ellos.

Jian Gao se sorprendió a sí mismo hablando con pasión. Miró hacia los lados para comprobar que nadie le hubiera escuchado. Los oídos del consejero de los susurros estaban en todos lados y si le vieran simpatizar con el anciano quizá cambiaran de calígrafo en los encuentros con Lao Tse.

—Te diré el secreto para liberarte de los sufrimientos del mundo. Te diré, ahora, el secreto del Tao.

Jian Gao se arrepintió de no tener sus artes listas para transcribir sus palabras. Esperaba un largo discurso, y se decidió a prestar toda la atención posible para memorizarlo y entenderlo. El anciano le miró con ojos brillantes. Luego alzó un dedo y entreabrió la boca. Jiang Gao esperó, con todos los sentidos puestos en él, pero no se decidía a hablar. El silencio duró una eternidad, hasta que prorrumpió:

—¿Por qué no dices nada?

—Cuando esperabas mis palabras toda tu atención estaba en mí y tu mente estaba vacía de pensamientos. Mantén ese estado, y habrás alcanzado la unidad con el Tao.

Lao Tse hizo un gesto de levantarse y él le ayudó, aún sorprendido. Notó el contacto con la mano del anciano y su aspereza, el brillo del sol en las hojas del jardín, el gorgoteo lejano de las fuentes, la levísima brisa moviendo su flequillo, el tintinear de la vajilla que portaba un siervo, el olor perfumado del té. Los pensamientos volvieron lentamente, y cuando se quiso dar cuenta tenía otra vez la corriente ininterrumpida de voces en la cabeza.

Al caer la tarde volvieron a sus aposentos sin haber podido ver al príncipe.

Unos días después corrió la voz por palacio de que el rey se encontraba mejor, que incluso había salido de la cama y atendido a sus súbditos. Los rumores se confirmaron cuando les anunciaron que el heredero, libre al fin de sus nuevas funciones, vendría a ver a Lao Tse a los jardines, y Mariposa Juguetona le llevó nuevamente hasta allí para esperarle.

Cuando al fin llegó Sanjian no se dirigió al anciano ni hizo caso de nadie. Pisoteó metódicamente un parterre con flores, y cuando le ofrecieron un vaso de caldo empezó el estallido. El príncipe lo tiró al suelo gritando que quemaba, y empezó a golpear con un palo a su edecán y a los siervos que se lo habían traído. Todos le seguían intentando que se calmase, pero no conseguían nada, solo alimentar más su furia. Daba órdenes absurdas que todos intentaban cumplir corriendo. Lao Tse negó con la cabeza mientras contemplaba el espectáculo. Al final, les pidieron que se retirasen. Jian Gao acompañó al anciano a sus aposentos.

Al día siguiente volvieron al jardín, y esta vez lo encontraron tumbado sobre la hierba.

—¿Qué te pasó ayer cuando no podías dejar de gritar? —le preguntó el anciano sentándose a su lado con ayuda de Jian Gao.

—Estaba enfadado.

—¿Cómo te sentiste? ¿Te gustó estar así?

—No, lloré mucho.

—¿Cómo lo llamarías a lo que te pasó?

El niño pensó con calma.

——Fue como si me hubiera convertido en dragón.

—Ajá. ¿Crees que puede volver el dragón dentro de ti?

—Sí. A veces me pasa —dijo tras un segundo pensativo.

El anciano le acarició el pelo con ternura.

—Ahora estás triste, ¿verdad?

El niño tardó en asentir.

—El Camino del Tao es la liberación del dolor. Si sigues las enseñanzas del Tao, te prometo que no sufrirás.

—¿Y qué tengo que hacer para seguirlas? —Mariposa Juguetona miró alarmado a los lados para asegurarse de que ninguna oreja de Do Kun hubiera escuchado la peligrosa pregunta del heredero.

—**Puedes desplazar la mente de sus inquietudes y dejarla en manos de la unidad.** Ahora cierra los ojos y vigila tus pensamientos, verás cómo te intentan hacer sufrir. Vigílalos bien, como si fueras un gato en la puerta de una ratonera, o se colarán en tu mente y te harán sufrir.

Jian Gao observó a los dos, uno tan viejo y otro tan joven, totalmente quietos, y con cuidado de que no se le notara siguió la lección. A medida que tomaba conciencia de los pensamientos estos se detenían, hasta que en su mente solo quedó el zumbido de las abejas, el brillo del sol en las hojas de las plantas, el olor a azahar de los limoneros... La voz del niño rompió el silencio, y esta vez la escuchó con matices que nunca había sentido, pudo captar su emoción auténtica e ingenua.

—¡Vaya! Estaba pensando en los pasteles de almendras.

El anciano sonrió.

—No hagas caso a ese pensamiento.

—Pero es que deben estar ya horneados...

—Los pensamientos te dicen: soy importante, sígueme, y luego traen otro, y otro, y otro... no dejes que te engañen.

Durante la mañana niño y viejo corrieron por las flores, miraron las carpas, imaginaron figuras en las nubes,... Jian Gao se descubrió sintiendo envidia de que conservaran la paz mental. Pero esto también es un pensamiento, se dijo, y la envidia se esfumó, dando paso a otro breve período de silencio en el que la luminosa belleza del jardín inundó su ser.

—Lao, ¿las nubes son Tao también?

Jian Gao pensó que el anciano estaría deseando propagar sus ideas en el niño, como decía Qiang, pero para su sorpresa esquivó la pregunta:

—¡Escucha! —dijo el anciano—. ¿No oyes el grillo?

El príncipe se concentró en escuchar. Jian Gao entendió que el anciano quería desviar su atención de los pensamientos a los oídos, y sonrió para dentro. Luego se esforzó por conseguir el silencio en que el niño estaba totalmente sumergido.

—No oigo nada —dijo al fin.

—¡Ah! —el anciano fingió sorpresa, pero Jian Gao veía temblar una leve sonrisa en sus agrietados labios.

De repente apareció la madre. El niño corrió hacia ella riendo, pero la reina le dio un bofetón sonoro que hizo volver la vista a siervos y guardias.

—El rey está muriéndose. ¿Y tú riendo? ¡Ve inmediatamente al lecho de tu padre!

—El niño rompió a llorar y corrió a dar un abrazo al anciano. Jiang Gao pudo escuchar que éste le susurraba:

—No la culpes, tiene el dragón dentro de ella.

La madre agarró a su hijo de la mano y les lanzó una mirada de rencor mientras se lo llevaba.

Una vez se hubieron ido, el edecán del príncipe se acercó al anciano con veneración, pero sin atreverse a hablarle.

—¿Te sucede algo?

—Tengo el cuerpo dolorido, la espalda me duele, la mandíbula,… duermo poco por las noches.

—**Puedes concentrar tu atención hasta que tu cuerpo se vuelva tan sutil como el de un bebé.** Al estar inmerso en el pensamiento tu cuerpo se pone rígido, ya que éste refleja lo que ocurre en la mente, lo cual es en gran parte problemático. Centra tu atención en tu cuerpo, y verás que ocurre.

—Pero no puedo pasarme el día sin pensar, el rey se muere, el reino se tambalea y mi deber es cuidar la vida de esta pobre criatura, que...

Para asombro de Jian Gao, el anciano le hizo burla, imitando sus palabras con voz de falsete:

—El reino se tambalea, todo es un problema... ¡ña ña ña! Cuanto más problemático es un pensamiento, más rígido se pone tu cuerpo. ¿Podrás proteger a Sanjian si no puedes ni estar de pie? Estás rígido, tenso, reprimido... Acepta las cosas, en vez de pelearte con lo que ves a tu alrededor, y así no alimentarás a tus pensamientos. Acepta, calla la mente, y deja que el chi fluya por tu cuerpo.

—Está bien, sabihondo, pero mis pensamientos siguen asaltándome. ¿Cómo puedo curar mi espalda, si puede saberse?

El anciano le miró un segundo.

—Respira por los talones.

El edecán se fue algo confuso.

Esa noche, una vez estuvo en su alcoba, Jian Gao probó el consejo que había escuchado. Se esforzó en dirigir su atención a los pies, imaginando a cada inspiración que el aire entraba por ellos inundándole. Al cabo de poco tiempo se hizo más consciente de su cuerpo, de cómo el chi subía desde los talones hasta llenar sus pulmones, una y otra vez. Al acabar se sintió mucho más relajado, sin tensiones en el cuerpo. No pudo dormirse hasta que no apuntó la enseñanza en el libro de bambú.

6

Jiang Gao se encontraba sentado de rodillas en el templo de palacio, rodeado de adivinos y monjes orantes. Era una sala redonda y deprimida rodeada de escalinatas que ascendían a las puertas. El rey había muerto durante la noche, y ahora reposaba con los brazos cruzados alzado en un estrado en el centro de la gran sala circular. Todas las personas medias e importantes de la corte estaban allí, murmurando en corrillos y observándose unos a otras. Do Kun mantenía una mirada aburrida, era sabido su ateísmo, y su mente práctica. Qiang y la reina conversaban en leves susurros, mientras los monjes oraban en un monótono rumor ininterrumpido, intentando así atraer a los espíritus de los antepasados y suplicarles un buen augurio. En el centro de la sala los adivinos de largas barbas rodeaban de rodillas y con la cabeza gacha un caparazón de tortuga en el que los mejores calígrafos de China habían escrito preguntas a los espíritus. Jiang Gao no había escrito ninguna de ellas, su caligrafía se consideraba artística pero tan excéntrica que podría ofender a los espíritus, de modo que había tenido la suerte de no participar. Si las predicciones eran negativas el calígrafo podía ser cuestionado o incluso castigado severamente, si se consideraba que su caligrafía podía haber confundido u ofendido a los espíritus. Bajo el caparazón cubierto de preguntas se habían colocado brasas, que con su calor producirían resquebrajaduras en la concha. Según éstas se cruzaban partiendo los ideogramas de las preguntas los adivinos interpretarían la respuesta de los espíritus. Habitualmente las resquebrajaduras deberían haberse producido ya, por lo que la inquietud de los adivinos aumentaba, y con ella la de toda la corte.

Nunca había asistido a una ceremonia así, pero cada vez se sentía más incómodo y asustado. La postura acuclillada hacía que le dolieran las rodillas, el cántico lloroso de los monjes y las mujeres le provocaba dolor de cabeza, y no podía abandonar la posición hasta que se produjera la adivinación, ya que los espíritus vagaban por la sala atraídos por los cánticos, leyendo las preguntas y observándoles. En un patio no muy lejano los hombres de Ling Lun estaban haciendo un trabajo siniestro: traían las cabezas de los siervos de sacrificio en bandejas de plata. Unos monjes las recibían y las colocaban en uno de los carruajes barrocamente adornados con filigranas de oro y jade, que irían en la comitiva a la tumba donde reposarían eternamente los restos del rey.

Jian Gao podía ver desde donde estaba la llegada de cada bandeja, y cómo las cabezas eran ceremoniosamente recogidas por los monjes de largas túnicas para luego ser apiladas en el carruaje. Agachaba la cabeza para no ver los rostros, a algunos de los siervos de sacrificio los había tratado en vida; con demasiada indiferencia, se lamentaba ahora.

Tres años atrás, cuando el rey cumplió su sexagésima primavera, se lanzó la petición desde palacio, y pregoneros de todo el reino buscaron voluntarios. Fueron seleccionados mil trescientos cuarenta y tres pobres, uno por cada población sometida al reino. Durante la vida del rey se les darían tres comidas calientes, un trabajo en la corte, un trato respetuoso por su condición, y un salario suficiente para enviar a las respectivas familias. Muchos de ellos hubieran muerto de hambre, o de peste, o hubieran enfermado gravemente sometidos al duro trabajo en los campos y minas del reino. Las crónicas contaban que había siervos de sacrificio que esperaban decenas de años, incluso morían de viejos, antes de que el rey falleciese. Cuenta la leyenda que el longevo rey Gaozu sobrevivió a todos sus sirvientes de sacrificio, muchos siglos atrás. Pero a los actuales les había llegado la hora, sus cabezas eran seccionadas cuidadosamente, y serían colocadas en la tumba del rey rodeando el féretro, todas giradas para que lo miraran desde abajo, eternamente. Jian Gao había oído que esta horripilante costumbre se había instaurado para que en todos los pueblos del reino alguien llorara la muerte del rey, aunque fuera a través del recuerdo de ese familiar que partió a palacio hace ya unos cuantos años. Seguía perviviendo por costumbre, como tantas cosas… Ojalá Lao Tse consiga convencer a Sanjian para que suprima esta barbarie, pensó mientras apartaba la vista de la siguiente bandeja.

De repente sonó un crack, y todos se levantaron expectantes. Jian Gao no era supersticioso, pero vio el caparazón totalmente partido por una grieta que lo cruzaba de parte a parte, y se asustó. Los espíritus habían hablado, no respondiendo delicadamente a las preguntas con pequeñas resquebrajaduras, sino partiendo toda la concha de una sola pieza. Un silencio sepulcral aplastó la sala del trono, solo se oía el crepitar de las teas que iluminaban profusamente la gran sala. Los adivinos de rostros contritos se retiraron con la concha a deliberar a una sala contigua. Algo muy grave iba a suceder, eso estaba claro, pensó Jian Gao atemorizado, frotándose las rodillas doloridas para que volviera a circular la sangre.

La sala fue recuperando poco a poco la vida, la gente empezó a retirarse en pequeños corros susurrantes. La interpretación de los adivinos tardaría horas en producirse y la espera sería interminable y angustiosa.

Un siervo le tocó el hombro.

—El consejero de los susurros quiere hablarte.

Jian Gao miró hacia la escalinata donde se encontraban los más importantes miembros de la corte. Do Kun le hizo un gesto rápido para que se acercara. Parecía el único que conservara la calma, con su rostro inescrutable partido por la mitad por la afilada nariz. Cuando estuvo junto a él le susurró:

—Lleva a Lao Tse a ver a Sanjian. Está enfadado, quizá con un poco de suerte se desahogue con el viejo y no lo vuelva a querer ver. Y si el viejo le tranquiliza, convéncele para que acuda a la sala del trono a ver el féretro de su padre. Es esencial que aparezca frente a los nobles de la manera más digna posible. ¡Que nadie dude de su autoridad! ¿Has entendido? Que el anciano le tranquilice.

Había cambiado de opinión, también Do Kun estaba fuera de sí, aunque no se le notara externamente, decidió mientras dirigía sus pasos a los aposentos del místico. Le encontró sentado en cuclillas frente a la ventana que daba a los jardines de palacio, introduciendo sus palillos en un cuenco de arroz humeante. Le explicó la situación y Lao Tse, tan parco en costumbres como en ropajes, se puso de pie, pasó por su cabeza la túnica color cereza que le habían entregado al llegar, y con un gesto le indicó que estaba listo para acompañarle.

De camino a las habitaciones privadas del niño oyeron gritos de berrinche y súplicas del edecán, también el ruido de objetos arrojados al suelo. Un grupo de siervos se encontraba a las puertas de la habitación, por lo que les costó entrar a ver qué pasaba. La reina al verles les abrió paso. El suelo estaba lleno de trozos de cerámica rota, y sobre el lecho Sanjian había agarrado la tabla que contenía la lista de treinta generaciones de su dinastía. Amenazaba con tirarla al suelo, y cuanto más le suplicaban su madre, el edecán y los sirvientes, más amenazaba con romperla.

—¡Consuela al príncipe, por todos los dioses! —le suplicó la reina.

—¡Pequeño! —gritó el anciano con una sonrisa.

El niño le miró con asombro.

—¿Que quieres viejo asqueroso?

—¿Otra vez el dragón?

Tardó unos segundos en responder.

—Sí.

—Te vengo a buscar, ¡ven! -dijo extendiendo la mano con seguridad.

—¿Dónde vamos?

—A ver a tu padre —respondió con la esquelética mano extendida aún.

El niño soltó la tabla sagrada sobre el lecho y se agarró a la mano. El edecán y la reina con exclamaciones de alivio se lanzaron sobre la tabla y los sirvientes abrieron un espacio admirado para dejarles paso. Mariposa Juguetona tuvo que dar grandes zancadas hasta alcanzarles, ahora era Sanjian el que tiraba del anciano, que mientras trotaba dejó escapar una carcajada alegre para pasmo de Jian Gao.

Nadie les detuvo hasta llegar al templo. Al ver al futuro rey todos se apartaron haciéndoles un camino hasta el féretro. Junto a ellos solo se quedó el inescrutable Ling Lun, envuelto en su armadura pesada, encargado como capitán de la guardia de custodiar el cuerpo del rey. Jian Gao, el anciano y Sanjian se situaron frente al cadáver en silencio. Parecía vivo aún, aunque Jian Gao percibió ya la palidez amarillenta que anunciaba la llegada de la putrefacción.

—¿Recuerdas lo que te enseñé del Tao? Es eterno, todos venimos de él y todos volvemos a él, somos Tao en nuestra esencia. **Cada ser humano retorna a la fuente común. Regresar a esta fuente es volver a la serenidad, al silencio. Si no te das cuenta de que existe esta fuente en ti, caerás en la confusión y el dolor.**

—Ya está bien de palabrerías, Lao Tse —la voz de Qiang sonó a sus espaldas—. Tus palabras no tienen sentido, esto no es un juego, estamos en peligro y el nuevo rey necesita ser puesto al día para gobernar eficientemente.

Un murmullo de asentimiento recorrió la sala apoyando las palabras del Gran Shi. En estos diez días protocolarios entre la muerte del rey y el nombramiento de Sanjian, Qiang era de facto la persona que gobernaría todo el reino.

—Tus palabras son sabias, anciano, pero no sirven para gobernar un reino, es la hora de que Sanjian deje la niñez y se convierta en el nuevo rey —dijo Do Kun con tono mediador.

—**Algunos dicen que mi enseñanza no tiene sentido** —Lao Tse miró a Qiang—. **Otros dicen que es noble, pero poco práctica** —dijo girándose al consejero de los susurros—. **Para quienes han mirado dentro de sí mismos este sinsentido tiene todo el sentido** —Jian Gao agachó la cabeza, temeroso de que el anciano le mirara—, **y para quienes la han practicado, esta nobleza tiene raíces que van profundo** —luego se dirigió al niño—. **Vacía tu mente de todos los pensamientos, deja que tu corazón esté en paz. Observa la agitación de los seres, pero contempla su retorno** —dijo finalmente señalando el féretro.

—¡Ya está bien! La situación requiere de determinación, necesitamos un nuevo rey, firme y decidido. La influencia de Lao Tse es negativa y debe de ser alejado de Sanjian —dijo Qiang—. Solo durante un tiempo, quizá unos meses, hasta que consigamos pacificar todas las provincias del reino y restablecer el orden.

Nada más oír la voz de Qiang, Jian Gao temió por la vida del anciano. ¿Serían capaces de matarlo y ocultárselo a Sanjian? Estaba claro que quería ser el Gran Shi, la mano derecha del nuevo rey, como lo había sido del antiguo. Sin duda envidiaba que Lao Tse se hubiera ganado la confianza del niño, y temía que usurpara su lugar. Muchas voces se alzaron para dar la razón a Qiang, muchas opinaron que era lo correcto. El niño se sentía abrumado y triste pero no decía nada.

—No —dijo una voz. Para sorpresa de todos era la antigua reina, ahora la madre del rey. Nunca en todos estos años había tomado la palabra para hablar de decisiones políticas, pero ahora había interrumpido al Gran Shi, y toda la sala del trono había enmudecido—. El cuerpo del rey está aún caliente, yo suplico, Qiang, Gran Shi, maestro de maestros, tu benevolencia por nuestro dolor. Permite que el anciano Lao Tse acompañe al niño los diez días de luto, al menos. Dejad que lo consuele hasta el día de la coronación —dijo, y poniéndose de pie hizo amago de arrodillarse frente al primer ministro.

Do Kun se apresuró a impedírselo. La reina esperó la respuesta con la cabeza gacha, mientras toda la corte esperaba la respuesta. Qiang, sorprendido, tardó al menos tres segundos en responder.

—No puedo negaros tan conmovedora petición —dijo al fin, y al instante Sanjian sonrió.

El inesperado sonido del gong gigante proveniente de las puertas del templo anunció a todos que los adivinos habían terminado de interpretar los presagios de los espíritus de los antepasados. Dijeron que la ruptura total era, efectivamente, señal de que un mundo nuevo surgía del anterior. El Sumo Sacerdote afirmó que el niño rey tendría el apoyo del Mandato Divino, y que conquistaría toda China, unificándola bajo un Imperio desde el Río Amarillo hasta el Yangtsé, desde el mar de Corea hasta las cumbres del Himalaya. Los demás adivinos asintieron, ningún otro hizo una nueva interpretación. Jian Gao al escucharlo respiró aliviado, pero luego pensó que bien pudiera significar el final del reino. Miró con sospechas cómo el grupo de adivinos se inclinaba en profundas reverencias ante los miembros más destacados de la corte. En un momento como éste un mal augurio podría costarle la vida a quien lo expresara en voz alta. ¿Y si el miedo al castigo atemorizaba a los adivinos? ¿Serían capaces de ocultar los verdaderos augurios de los antepasados?

7

Al día siguiente al entierro ceremonial llegaron noticias de que un ejército del vecino reino de Wo se había apoderado de numerosos pueblos en la frontera aprovechando el momento de debilidad real. Los informes también decían que las hordas de campesinos rebeldes se habían unificado formando un caótico pero numeroso ejército que se dirigía hacia la capital. Qiang gobernaba secundado por los demás consejeros y nobles, y agrupaba tropas y pertrechos preparando un ejército de dimensiones formidables. Todo el mundo sabía que una gran y decisiva batalla se iba a producir en breve a medida que el ejército revolucionario se acercaba. Sin embargo Lao Tse, Sanjian y Mariposa Juguetona, paradójicamente, pudieron tener un respiro hasta la ceremonia, ya que el clima de tensión era tal que parecían haberse olvidado de ellos. Durante los diez días de luto pasaron muchas horas en los jardines. El místico explicaba el misterio del Tao y el calígrafo transcribía sus enseñanzas, mientras el joven

Sanjian, que en breve sería nombrado rey, escuchaba con atención y curiosidad. Sin que hubiera un pacto previo entre ellos, no se habló en ningún momento de los terribles sucesos que los envolvían, ni de la inminencia del nombramiento de Sanjian.

Durante esos días se sumaron cuatro artistas al grupo. Los cuatro estaban también bajo la protección del mecenazgo de la reina, como sucedía con Jiang Gao. Uno de ellos era el titiritero de la corte, que casi todos los días les entretuvo representando algún cuento o leyenda. Mientras narraba los sucesos o imitaba la voz de los personajes movía sus títeres con unas finas varillas, a la vez que un farol proyectaba sus sombras sobre una pantalla blanca. El segundo artista era un músico excéntrico al que la reina consideraba un genio. Su obsesión era tocar con la naturaleza, de modo que esperaba a que el viento agitara las ramas de los árboles, o a que los pájaros cantaran, y cuando creía que podía aportar algo al sonido natural tocaba su flauta, de la que colgaban unas campanillas de viento. Otro de ellos era un pintor tartamudo, pero éste no sentía ya ningún entusiasmo por su arte. Estaba hastiado de pintar cerezos, montañas, casas, peces de largos bigotes y corrientes de agua. El excéntrico grupo lo completaba un poeta que componía sus poesías posando una copa sobre el estanque de las ranas. Cuando la copa dejaba de agitarse sobre la superficie, recitaba unos versos improvisados. También el edecán, cuya espalda había mejorado notablemente, se escapaba a veces de sus ocupaciones para unirse a ellos y escuchar las enseñanzas de Lao Tse, al que trataba con auténtica veneración cuando se sentía seguro de que nadie podía verles.

Jian Gao se sentía realmente cómodo con los excéntricos artistas y con el edecán, con ellos podía ser él mismo sin miedo a ser juzgado y censurado. Además, a menudo el anciano les hablaba del tao y su camino, y Mariposa Juguetona se apresuraba a tomar nota de sus ideas en un pañuelo, con cuidado de que nadie de la corte le observara, para luego trascribirla al libro de tablillas de bambú. También había tenido una visión en sueños de la grafía que podía simbolizar el tao, y tras practicar sus trazos en tinta suficientes veces, finalmente se decidió a grabarlo en la losa de la escuela de escribas.

Por su parte Sanjian era un entusiasta de volar cometas, tenía una gran y colorida colección que había crecido durante años, ya que su afición había trascendido más allá de los muros de palacio y todos los embajadores o gobernadores de provincias lejanas le traían una desde los más remotos lugares del mundo. Todo el Pabellón Orquídea había sido vaciado para acogerlas en exposición permanente. Sanjian les había enseñado la colección hasta tres veces, pero su preferida era una preciosa cometa terminada en un cuerno, a la que el chico llamaba la cometa rinoceronte.

—¿Cuál es tu animal preferido, Lao Tse? —le preguntó una vez.

—El búfalo de agua —respondió.

—No tengo una cometa así. Pero la encargaré.

Qiang creía que Lao Tse quería suplantarle como Gran Shi, otros consejeros afirmaban que era un agente de los rebeldes que quería subvertir la mente del mismísimo rey, pero Jian Gao estaba conociéndole profundamente y solo veía en él la atención extrema de un gato. El anciano era Tao. Y quizá por eso era más peligroso aún que lo que Qiang y el consejero de los susurros pudieran suponer, porque esa paz era contagiosa y completamente opuesta al oscuro y cruel mundo de poder que les rodeaba.

Vivieron esos diez días en una especie de burbuja de paz como jamás Jian Gao había sentido ni sentiría en su vida. Una burbuja que estalló inevitablemente con el sonido del gong que anunciaba el inicio de la ceremonia de coronación.

Era la primera vez que Sanjian ejercía como rey. Sentado en el gran trono central y envuelto en los ropajes reales parecía enteramente otra persona. Durante todo el día, nobles de todos los confines del reino desfilaban para jurarle obediencia. Muchos decían que el número de nobles que no habían acudido a rendir pleitesía ascendía a un tercio. A pesar del gran tamaño de la sala el humo de las pipas, el calor humano, y el intenso debate habían formado una atmósfera tensa como la cuerda de un guzheng, que abrazó el cuello de Jian Gao desde que entró.

El gobernador militar de la capital estaba dando un informe al rey y toda la sala escuchaba atentamente.

—Mi señor, he gobernado en estos días con diligencia y firmeza bajo las órdenes del Gran Shi Qiang. Para evitar una rebelión en la capital las tropas ocupan los cruces y lugares estratégicos. Los carros de guerra circulan por las avenidas de forma regular, al igual que escuadrones de tropas, para amedrentar a la población. Hemos detenido a los líderes y voces críticas, hemos prohibido las reuniones de más de cinco personas, y sobre todo, hemos castigado fulminantemente y con toda severidad el más mínimo acto o palabra de insumisión.

—Y sin embargo varios pueblos a menos de cien quilómetros de la capital se han unido a los rebeldes —resaltó Qiang con frialdad.

—Debemos darles una lección. Por cada muerto de nuestros soldados, matemos diez de los presos —sugirió uno de los generales.

—Tenemos menos de doscientos presos en las mazmorras, se nos acabarían pronto… —apuntó Do Kun.

Jian Gao se sentía abrumado ante las violentas palabras, el dolor que se iba a generar en las decisiones que surgieran de esta reunión sería brutal, pensó con un nudo en la garganta. Sabía que el frágil mundo que había construido con el anciano, el niño y los demás se había hecho pedazos irremisiblemente. Y delante solo veía el horror.

—Ha llegado la hora de enviar al ejército a derrotar a los rebeldes. Sería un gran gesto real que vuestra primera orden sea movilizar al ejército. Este es el momento para avanzar, cuando los enemigos se han unido y se acercan. Mataremos a todos los lobos en una sola cacería.

—¿Cómo debo actuar? Todos esperan mi orden —Sanjian habló por primera vez, y sus palabras se dirigieron a Lao Tse.

—**Puedes lidiar con los asuntos más importantes dejando que prevalezca tu lado femenino.**

—¿Mi lado femenino? ¿Qué quieres decir?

—Lo femenino deja que las cosas tomen su propio camino, sin imponerse. **Puedes amar a los demás y guiarlos sin imponer tu voluntad.** Lo femenino expresa más claramente el Tao, por eso los hombres debemos descubrir nuestro lado femenino para encontrar el camino de la virtud. No peleas con lo que hay, lo permites.

Qiang soltó una carcajada seca que nada tenía de alegre. Sus palabras sonaron afiladas como dagas.

—¡Su lado femenino! ¿Quieres que el rey llore y se esconda debajo de las sábanas? ¿Que se guíe por sus emociones en vez de por la razón? El rey debe ser un tigre, para aterrorizar a los que se le oponen. El rey debe gobernarlos, porque por fuerza de su sangre posee el Mandato Divino y sabe lo que le conviene al pueblo. —A continuación se giró a Sanjian—. Recuerda lo que dijo tu padre: jamás dejes que nadie te imponga su voluntad. ¿Acaso pretendes, anciano demente, que desoiga las palabras de su padre agonizante? —afirmó con agresividad, y toda la sala estalló en vehementes asentimientos. Jian Gao deseó que el viejo no siguiera por ese camino, pero Lao Tse una vez más fue astuto, y cuando las voces se calmaron dijo así:

—**La persona sabia no lucha contra nadie; por lo tanto, nadie en el mundo entero puede obligarla a actuar en contra de su propia voluntad. El agua es débil, pero su goteo constante horada la roca más dura. Los grandes ríos son tan poderosos porque fluyen hacia abajo, hacia los mares, recogiendo en sí el agua que baja de sus alrededores. La persona sabia que desea ayudar al pueblo también debe ponerse en una posición más baja que los demás. En este caso, a pesar de ser superior al pueblo, ella no será una carga para la gente y las personas no le harán daño. Las personas le seguirán alegremente y no le darán la espalda. La persona sabia no compite con nadie; por lo tanto, es invencible. Y ella misma, constantemente, progresa más y más, pero las personas no la envidian.**

—¿Entonces no debo actuar? ¿Debo dejar que los acontecimientos sigan su propio camino?

—El Camino del Tao es el camino de la no acción. **Cuando el maestro gobierna, la gente apenas es consciente de que él existe. Inferior gobernante es aquel que**

es amado. Inferior aun, el que es temido. Y peor, el que es despreciado. Si no confías en la gente, la gente pierde su confianza. El maestro no habla, actúa. Cuando su trabajo está hecho, la gente dice ¡Qué bueno, y lo hicimos todo nosotros!

—Mi joven señor, —dijo Do Kun— entiendo que el Camino del Tao, la despreocupación y la alegría del momento presente, sean algo que desear, ¿quién no desea esa paz? Sin embargo tenéis un penoso deber que cumplir, ¡sois el rey! Todos vuestros antepasados, con vuestro padre a la cabeza, os contemplan en estos instantes, esperando que hagáis lo más adecuado para dignificar vuestra estirpe divina. Bajo vuestro mando todo se pone en marcha, los ejércitos esperan vuestras órdenes.

A continuación habló Qiang:

—Rey, este anciano es un subversivo y un hereje, ha venido aquí a aconsejaros que no actuéis para que sus compañeros puedan destruir el orden, y el reino. ¡No lo escuchéis! Escuchad mi consejo, llevo treinta años ayudando a vuestro difunto padre... Permitidme, si no deseáis gobernar, que sea yo el que tome las decisiones. Por el bien de todos, ¡en nombre de todos los dioses! el ejército debe partir para enfrentar y derrotar a las tropas rebeldes.

Respondió Lao Tse:

—Gran Shi Qiang, sois como el niño que pide que le miren cuando hace una pirueta. ¿Pero cuál es el resultado de esos logros, esos esfuerzos, cuando tras treinta años el reino está desmoronándose, el pueblo sufre hambre y el suelo parece desaparecer bajo vuestros pies? —dijo el anciano.

Hubo un segundo de silencio sepulcral. Nadie en la sala, jamás, se había atrevido a hablar así a Qiang. Durante años la desgana del rey, abandonado a los placeres del harén o perdido en interminables cacerías, habían hecho que el Gran Shi gobernara de facto el destino de millones de almas. De golpe esas palabras habían convertido al Gran Shi en un tipejo gordinflón que en vez de contestar enrojecía de rabia, pensó sintiendo vergüenza ajena Mariposa Juguetona. Ese segundo de atónita parálisis fue aprovechado por el anciano para darle el estoque final:

—Qiang, permitidme un consejo: **quien se empeña en alzarse de puntillas termina cayéndose.**

El niño rey soltó una risita, y toda la corte le acompañó con risas nerviosas, que descargaron un poco la inconcebible tensión que se había generado. Do Kun también soltó una medida risa, aunque era tan extremadamente rara y artificiosa que a Jian Gao le pareció más una mueca desagradable. Luego dio un paso adelante para tomar la palabra.

—Qiang habla con soberbia, ciertamente, y ha cometido errores imperdonables en su papel de Gran Shi, la situación actual lo demuestra.

Qiang le miró atónito e iracundo a partes iguales, pero no dijo nada. Toda la sala emitió un murmullo de asentimiento. Así cambiaba el capricho del poder, pensó Jian Gao con curiosidad, viendo como algunos de los ministros daban un pasito alejándose discretamente de las cercanías del caído en desgracia. Do Kun continuó su discurso:

—Pero tiene razón en la urgencia de tomar medidas, su alteza. Los campesinos están quemando los archivos de propiedad, ocupando las tierras, asaltando y saqueando los castillos de los nobles. Y eso es inadmisible, no podemos permitirlo. ¿A pesar de eso, anciano, insistís en sugerir al rey la no acción? Hacerlo significaría, sin lugar a dudas, un acto de sedición.

Jian Gao sabía que había puesto a Lao Tse contra la espada y la pared. Ahora, debido a la astucia del consejero de los susurros, tendría que situarse de un lado o de otro.

Lao Tse respondió:

—Que el pueblo pase hambre ocurre porque sus gobernantes imponen demasiados tributos. Por ello está hambriento. Que el pueblo sea difícil de gobernar ocurre porque sus gobernantes mandan demasiado. Por ello es difícil de gobernar. Que el pueblo desprecie la muerte ocurre porque sus gobernantes buscan con demasiada ansiedad el poder. Por ello la toman a la ligera. Quien no obra para tener poder, es mejor que quien sí lo hace.

Do Kun fue a hablar pero Qiang se le adelantó arrodillándose ante el rey.

—Joven amo, os lo suplico, permitidme que corte la cabeza a este rebelde, ¡o si no el reino, vuestra familia y su larga estirpe, están perdidos! —aulló postrándose de rodillas.

Por fin Sanjian se puso de pie para hablar. Todos contuvieron el aliento:

—Qiang, no quiero volver a verte. Cruza en tres días las fronteras del reino y no vuelvas más, o serás castigado con la pena capital. Do Kun, te nombro Gran Shi del reino. Con respecto al ejército, por ahora mi orden es que no hay órdenes —dijo, y bajó del estrado mientras un murmullo creciente iba inundando el gran salón del trono.

8

—Deberás derramar esto en la bebida de Lao Tse —dijo Do Kun pasándole un pequeño frasco con un tapón de corcho—. Ten cuidado de que no se dé cuenta de que está siendo envenenado hasta que sea demasiado tarde, o podría provocar su propio vómito. Morirá en poco tiempo.

Jian Gao miraba la boca cruel del consejero de los susurros y no podía creer lo que le estaba pidiendo.

—¿Me estás oyendo? ¡Mariposa Juguetona!

—¡Sí! Sí.

—No temas, no sufrirá, la muerte será rápida. ¿Lo harás?

—Lo haré, mi señor Do Kun.

En ese momento se abrió la puerta del despacho. Ling Lun y los tres generales del ejército entraron y se cuadraron. Fueron hablando uno detrás de otro:

—Gran Shi, tenemos malas noticias. Los rebeldes se encuentran a solo un día de la capital.

—Quizá sea demasiado tarde para actuar.

—Si queremos tener una oportunidad de vencer, debemos avanzar ya.

—Hay que desplegar las tropas y esperarles en posiciones ventajosas. Ahora o nunca, Gran Shi.

Mientras Do Kun concretaba con ellos detalles del despliegue de tropas, Jian Gao había sido desplazado al fondo de la sala. Una cosa estaba clara: era incapaz de envenenar a Lao Tse. Incapaz. Y si no era capaz de matarlo, iba tener que desobedecer una orden directa de la persona más poderosa del reino. Prefería ser un rebelde a matar a un pobre anciano. Justo ahora estaban hablando de él:

—No hay tiempo de sutilezas, Jian Gao, olvida tus órdenes. Lo mataremos y se acabó.

—¿Y Sanjian? Jamás nos lo perdonará -apuntó un general.

Do Kun se levantó.

—Señores, seamos francos, Sanjian está hechizado por el viejo hereje. Le recluiremos hasta que se disipe el encantamiento, si es que eso llega a ocurrir algún día. Por ahora gobernaremos nosotros, un consejo interno, y secreto, el pueblo no debe saber que el nuevo rey ha fallado o la autoridad de la dinastía Zhou se vendría abajo totalmente. Y cuando el país esté pacificado, y las cabezas de los rebeldes llenen los caminos clavadas en picas, escogeremos alguno de los múltiples hijos del viejo rey como nuevo heredero.

Jian Gao escuchó atónito. ¡No! No lo permitiría. Estiró la mano y giró el pomo de la puerta.

—Mariposa Juguetona, ¿dónde vais? —preguntó Do Kun a sus espaldas.

—Pensé que ya no me requeríais.

—Ciertamente no, resolveremos el problema de Lao Tse más expeditivamente. Ling Lun, da muerte al anciano.

Ling Lun, con rostro inescrutable, salió a la vez que Jian Gao del despacho.

—¡Espera! —Do Kun le había llamado para darle un último recado.

Jian Gao pensó rápido. ¡Tengo una oportunidad de salvar a Lao Tse! Si voy corriendo le podré avisar. Pero será difícil huir con el lento y llamativo anciano de palacio. Además,

Sanjian iba a ser encerrado de por vida. Debía decidir a quién salvar. Y sabía que Lao Tse no le perdonaría que le hubiese escogido a él. Le quedaban pocos años de vida, y tenía transcritas todas sus enseñanzas... ¡El rollo! Jian Gao se recogió la túnica para correr por los pasillos de palacio. Pasó junto a su cuarto y recogió el rollo de planchas de bambú en el que había escrito todas las enseñanzas de Lao Tse. Luego pensó: ¿dónde estará el príncipe en esos momentos? Corrió al patio de las cometas. Allí estaba, haciendo volar su nueva cometa de cola de dragón.

—Rápido Sanjian, debemos salir de palacio. Do Kun quiere encerrarte y hacerse con el poder. Piensa dar la orden al ejército para avanzar. ¡Va a desencadenarse una terrible matanza!

El niño puso ojos de miedo y se cogió de la mano que le ofrecía.

—¿Y Lao Tse?

En estos momentos el anciano debía de estar muerto. Jian Gao no fue capaz de decirle la verdad, e improvisó algo.

—Se fue esta mañana sentado sobre un búfalo de agua, sin rumbo fijo, ¡ya sabes lo que le gustan! Si salimos ahora quizá podremos volver a verlo.

Jian Gao, seguido del músico, el pintor, el poeta y el edecán, llevaron al niño rey a la escuela de escribas y allí mismo cogieron togas de aprendiz de la sala de los alumnos. No les resultó difícil huir, los guardias estaban inquietos con el tumulto popular que se percibía en las calles y no prestaron atención al pequeño grupo de escribas que salía de palacio con las capuchas puestas. Fuera grupos de soldados y de gente corría por las calles en diferentes direcciones. Con mucho cuidado de no separarse del niño Jian Gao se dirigió al embarcadero. Allí estaban atracadas todo tipo de canoas, esquifes, veleros y hasta casas flotantes. Escogió un junco de pasajeros con la vela extendida que estaba a punto de zarpar. Desanudó una parte del cordel del dinero, el poco que llevaba encima, y extrajo diez monedas, que estaban enhebradas en el cordón por su agujero central. Se las entregó al capitán bajo la asombrada mirada de Sanjian.

—¿Qué le das?

El capitán le miró.

—¿No sabes lo que es esto?

Jian Gao le hizo un gesto de que estaba mal de la cabeza, y pasándole el brazo por los hombros bajaron a sus camarotes. ¡Qué paradoja, la cabeza del estado no sabía qué eran las monedas que llevaban grabadas el símbolo de su dinastía! Zarparon al amanecer y ascendieron por el río lentamente, pues no había viento y los marineros debían remar aguas arriba. Cuando cayó la noche el barco atracó en una orilla, no podían seguir navegando por el peligro de encallar. Atraídos por las voces de los demás pasajeros, los siete salieron a cubierta y vieron un increíble espectáculo. Las luces de un tremendo incendio río abajo, donde la capital.

—¡Es el palacio real! —les anunciaron desde una canoa—. El ejército se ha unido al pueblo y los revolucionarios han asaltado el palacio. ¡Se acabó la opresión!

Muchos en la cubierta del junco comenzaron a bailar de emoción. Un violín chino empezó a sonar en la mano de un marinero, a la vez que varias botellas con brebajes embriagantes corrieron de unos a otras. Jian Gao miró por la cubierta: todas las naves atracadas celebraban la misma fiesta, todos los ojos reflejaban las llamas de palacio, que también bailaban en las olas del Yangtsé. Sanjian se pegó a su cuerpo y él le abrazó con fuerza.

—Sé que es bueno que todo cambie, pero tengo miedo.

—No temas, ¿no ves que todo el mundo está alegre? Ahora serás un niño como los demás —le dijo acariciándole con ternura el pelo.

Sanjian le abrazó un poco más y luego se soltó y se unió al baile. Todos le aplaudieron por su estrambótica forma de bailar, más propia del ceremonioso y medido teatro real que los espontáneos bailes populares de los marinos.

Jian Gao se relajó por fin y sonrió viendo feliz al niño, pero él no podía celebrar. No, sabiendo que había abandonado a Lao Tse a su suerte. Mientras sus ojos contemplaban el fuego que devoraba el viejo mundo, acariciaba con una mano los rollos de bambú. Al menos había salvado sus enseñanzas de las llamas. Y en honor de su memoria, se juró que dedicaría el resto de su vida a difundirlas.

TEXTOS ORIGINALES DE *EL CAMINO DEL TAO* O *TAO TE KING*

El Tao que se puede expresar no es el verdadero Tao.

Algo existía antes que todas las cosas, algo es la madre del universo y está en todo lo que nos rodea. Es algo perfecto y sin forma.

Era, es y será eternamente algo sereno, vacío, solitario, invariable, infinito.

Por no encontrar un nombre más apropiado, lo llamo Tao.

***

¿Puedes desplazar tu mente de sus inquietudes y dejarla en manos de la unidad?

¿Puedes concentrar tu atención hasta que tu cuerpo se vuelva tan sutil como el de un niño recién nacido?

¿Puedes limpiar tu visión interior hasta que solo veas la luz?

¿Puedes amar a los demás y guiarlos sin imponer tu voluntad?

¿Puedes lidiar con los asuntos más importantes dejando que prevalezca tu lado femenino?

¿Puedes tomar distancia de tu mente y entender todo?

¿Dar a luz y nutrir?

¿Tener sin poseer?

¿Actuar sin expectativas?

¿Guiar en vez de intentar controlar?

Esta es la virtud suprema.

***

Algunos dicen que mi enseñanza no tiene sentido.

Otros dicen que es noble, pero poco práctica.

Para quienes han mirado dentro de sí mismos este sinsentido tiene todo el sentido, y para quienes la han practicado, esta nobleza tiene raíces que van profundo.

Vacía tu mente de todos los pensamientos, deja que tu corazón esté en paz.

Observa la agitación de los seres, pero contempla su retorno.

Cada ser humano retorna a la fuente común.

Regresar a esta fuente es volver a la serenidad, al silencio.

Si no te das cuenta de que existe esta fuente en ti, caerás en la confusión y el dolor.

***

La persona sabia no lucha contra nadie; por lo tanto, nadie en el mundo entero puede obligarla a actuar en contra de su propia voluntad.

El agua es débil, pero su goteo constante horada la roca más dura. Los grandes ríos son tan poderosos porque fluyen hacia abajo, hacia los mares, recogiendo en sí el agua que baja de sus alrededores.

La persona sabia que desea ayudar al pueblo también debe ponerse en una posición más baja que los demás.

En este caso, a pesar de ser superior al pueblo, ella no será una carga para la gente y las personas no le harán daño. Las personas le seguirán alegremente y no le darán la espalda.

La persona sabia no compite con nadie; por lo tanto, es invencible. Y ella misma, constantemente, progresa más y más, pero las personas no la envidian.

***

Cuando el maestro gobierna, la gente apenas es consciente de que él existe.

Inferior gobernante es aquel que es amado.

Inferior aún, el que es temido.

Y peor, el que es despreciado.

Si no confías en la gente, la gente pierde su confianza.

El maestro no habla, actúa. Cuando su trabajo está hecho, la gente dice: ¡qué bueno, y lo hicimos todo nosotros!

***

Que el pueblo pase hambre ocurre porque sus gobernantes imponen demasiados tributos. Por ello está hambriento.

Que el pueblo sea difícil de gobernar ocurre porque sus gobernantes mandan demasiado. Por ello es difícil de gobernar.

Que el pueblo desprecie la muerte ocurre porque sus gobernantes buscan con demasiada ansiedad el poder. Por ello la toman a la ligera.

Quien no obra para tener poder, es mejor que quien sí lo hace.

***

El que se alza de puntillas no tiene estabilidad.

El que lleva prisa no llega lejos.

El que trata de brillar oscurece su propia luz.

El que se define a sí mismo no puede saber quién es.

El que tiene poder sobre otros no puede apoderarse de sí mismo.

El que se aferra a su trabajo no creará nada duradero.

Si quieres estar en armonía con el Tao, haz tu trabajo, y luego déjalo ir.

***

El armonía con el Tao el cielo es claro y espacioso; la tierra, sólida y plena.

Todas las criaturas florecen juntas, contentas con lo que son, repitiéndose sin fin, renovándose sin fin.

Cuando lo masculino interfiere con el Tao, el cielo se ensucia, la tierra se empobrece, el equilibrio se viene abajo, las criaturas se extinguen.

El maestro mira las partes con compasión, porque comprende el todo.

Su práctica continua es la humildad.

No brilla como una joya, pero se deja moldear por el Tao.

Tan fuerte y común como una roca.

ANÍBAL EN HELMANTIKA

En cuanto descabalgaron, las cabras se apretujaron al otro extremo del cercado balando con fuerza. También el caballo, que estaba suelto en la otra cerca, olisqueó el aire y dio un trote repentino, alejándose de ellos. Nada se movía entre las encinas, agitadas suavemente por la brisa bajo el piar tranquilo de los pájaros, pero un recuerdo reciente torturaba a los animales. ¿Qué les habría pasado? Se lo quiso decir a su padre, pero Tancino ya había entrado en la choza y saludaba a grandes voces a su amigo; lo podía oír desde fuera.

Echó un inquieto vistazo al rebaño y entró. Padre le había hablado durante el viaje tanto y tan bien de Olinco, el gran guerrero y korionos[2] de los Cabritos de Ataecina, que al entrar en la choza maloliente de adobe agrietado se sintió invadido por la decepción. Le había dicho mil veces que habían nacido solo con siete días de diferencia, pero el rostro del extraño estaba mucho más envejecido que el de Tancino.

El espacio era muy reducido en la pequeña construcción circular. Padre se sentó sobre las pieles y Dolio lo imitó. Descubrió que encima de la puerta había colgada una espada ibera[3] de forma curva con una vaina de reflejos dorados y

---

2 Significaba *jefe de guerra*. Palabra derivada del término *Kori* que, a su vez, significaba *banda de guerreros* (he decidido no utilizar esta última para no hacer demasiado espeso el relato).

3 Hoy en día conocida como falcata (espada en forma de hoz), esta arma típica de los iberos servía principalmente como arma de filo (para golpear con el canto). Era

plateados. Sin duda estaba ahí por si se producía una visita desagradable. Era, con diferencia, el objeto más valioso de la choza agrietada. En el centro, el fuego chisporroteaba y lamía una vasija humeante. El olor a leche tibia era delicioso, pero Dolio no se atrevió a servirse. Observó resignado al extraño que les acogía. En el lateral de su pantalón tenía cosidos lunares algo deshilachados, en cuyos hilos plateados se reflejaban las llamas de la hoguera. Su pelo era gris como el de padre, pero parecía más alto y delgado. Miraba con cansancio y bondad, posando la vista en cualquier cosa con silencioso detenimiento. Al principio pensó que el amigo de su padre debía de llevar poco tiempo en casa, porque aún seguía envuelto en una casaca de cuero desgastado. Pero cuando pasó un rato sentado, Dolio sintió frío, pese a que la hoguera ardía con fuerza en el centro del hogar, y volvió a ponerse su capa de lana marrón. El anfitrión cogió al fin la leche, bajó el tazón sin posarlo en el suelo, ofrendándolo a la tierra, y luego lo alzó al cielo, aunque sobre ellos solo tuvieran un techado de escobas por el que pasaba algo de luz. Ahora entendió por qué tenía frío, la cubierta debía de haber sufrido ventoleras y dejaba escapar el calor. Ofreció el cuenco a Tancino. Este bebió un sorbo con lentitud y se lo pasó a Dolio, que lo imitó y se lo devolvió al anfitrión. Finalmente, Olinco rompió el silencio.

—Me alegro de que hayáis venido, hace una luna que no veo a nadie.

---

de hierro o acero curvado de sesenta centímetros de largo y se cree que su calidad era superior a la fabricada por cualquier otro pueblo mediterráneo, incluidos los romanos, los macedonios o los cartagineses. Esto se debía a una técnica secreta de los herreros iberos: enterraban las hojas de las futuras espadas varios años para que el óxido devorara las partes menos resistentes. Cuando las desenterraban, con el hierro restante volvían a forjar un arma tan poderosa que era capaz de tajar fácilmente las defensas romanas, lo que los obligó a reforzar escudos y armaduras.

—El techo está desmadejado. Mañana lo repararemos — dijo padre.

Olinco, sin decir nada, se levantó y echó leña al fuego. Tancino insistió en que no hacía falta, pero Dolio agradeció el calor creciente, ya que el viento de la montaña les había azotado durante toda la ascensión, cada vez más a medida que se acercaban a la choza, y el frío aún no había abandonado su cuerpo.

—¿Cómo me habéis encontrado?

—En Ovila[4] me aseguraron que vivías en el valle del Amblés[5], y en Ulaca[6] me mandaron para acá. En la aldea me dijeron que andabas en estos pastos, así que he subido por los senderos del ganado. Ha sido difícil dar contigo, amigo —dijo con una sonrisa cariñosa—. ¿Cómo es que te has recluido entre los uailos[7]?

—Aquí nadie hace preguntas, nadie sabe demasiado de mí. Tengo amigos en la aldea, alguna amiga, ya me entiendes… Vivo tranquilo mis días.

Padre iba a preguntar más, pero Olinco le cortó.

—Y tú, amigo, ¿vives aún en Everóbriga[8]?

—No, me uní a Éogan, del clan de los arlin, y me fui a vivir a Caura[9] —dijo con una sonrisa lenta—. Tengo dos chicos

---

4 Ávila.

5 Como no he encontrado referencia a ningún nombre prerromano y me parece bonito, he mantenido el nombre actual.

6 Villaviciosa (Solosancho), provincia de Ávila.

7 Hay indicios de que los vetones de Ávila adoraban a Vaélico, el dios lobo (animal cuyo nombre celta es *uailo*).

8 Castro situado en Talaván (Cáceres). Se cree que el nombre del poblado significaba *fortaleza del jabalí*.

9 Actual Coria (Cáceres).

y una pequeñaja que aún mama de la teta. Este es el mayor. —Señaló a Dolio.

Olinco paseó una mirada perdida sobre él un instante antes de volverse a Tancino.

—¡Claro que me acuerdo de Éogan! Su madre era…

Durante un rato los dos hablaron de conocidos. Dolio entendió que Olinco había nacido también en Everóbriga, como padre, pero no tenía noticias de los vecinos desde hacía mucho tiempo. Tancino le preguntó:

—¿Y tú? ¿Encontraste a la helmántika esa por la que suspirabas?

El extranjero negó por toda respuesta. Los labios se le habían empequeñecido levemente. Padre asintió como si comprendiera algo importante y se formó un silencio espeso en la choza, solo roto por el crepitar de las llamas. Había una extraña energía en esa conversación, algo que se le escapaba.

—Cuéntame, ¿cómo va el mundo?

—Los romanos ahora están ocupados combatiendo a los ilergetes[10]. Además, Léntulo, el lameculos de Escipión el Africano, ha sido sustituido por otro procónsul y se ha ido de Hispania. Todo el mundo lo odiaba por su crueldad, pero no nos engañemos: era tan estúpido que cualquier nuevo procónsul que envíe Roma será, por fuerza, más peligroso. En cuanto los romanos se organicen y tengan un respiro, mirarán para el interior, y habrá guerra —premonizó Tancino con voz emocionada.

En las conversaciones en la aldea se repite a menudo que ahora que los romanos tienen la retaguardia cubierta, pro-

---

10 Habitantes de lo que hoy es el sur de Huesca y Lérida.

bablemente avanzarán pronto sobre las Tierras Altas[11]. Desde que expulsaron a los cartagineses han ido dominando con facilidad todo el territorio ibero[12]. Era una amenaza tantas veces repetida que parecía conjurarse y perder su importancia mientras se sucedían los soles y las lunas. Sin embargo, el solitario amigo de padre lo escuchaba con asombro y preocupación, como si fuera la primera vez que lo oyera. «Quizá lleve mucho tiempo aislado», pensó, mirando con renovada curiosidad sus botas cubiertas de polvo y su barba descuidada y canosa.

—Tienen una sed insaciable de poder —concluyó Tancino.

—Si quieren saciar su sed en la Celtiberia, se ahogarán —susurró el extraño sin asomo de odio o ira, con una determinación calmada que impresionó a Dolio—. ¿Y qué se sabe de Cartago? ¿Aníbal ha formado un nuevo ejército?

—¿Quién puede saberlo? Pero dicen que ya solo se dedica a la política. Tras su derrota y la paz impuesta por Roma, los cartagineses no son los de antes. Y esto nos trae al motivo de nuestra visita, amigo. Va a haber una conmemoración por los veinte inviernos. Voy con mi hijo —hizo un gesto hacia él—; venimos a recogerte para ir a Helmántika[13]. Los demás Cabritos van para allá o ya están allí. Los que siguen vivos, claro.

---

11 Nombre ficticio para el territorio geográfico que hoy denominamos como la Meseta.

12 Iberia se limitaba en esa época al Levante y Andalucía, aunque hoy en día se utilice el término *ibérico* (y no ibero) para denominar lo relativo a toda la Península.

13 No está claro cuál es el nombre prerromano de Salamanca. Existe un debate abierto sobre la cuestión. El término *Salmántika* y sus derivaciones tiene al menos tantos defensores como *Helmántika*, pero he decidido decantarme por este último por razones literarias.

—Veinte inviernos —musitó Olinco removiendo la hoguera con un palo—. Muchos no se alegrarán de verme.

Dolio vio que tenía la frente cubierta de profundas arrugas, y por primera vez fue consciente de que en verdad era un viejo.

—Tienes una idea equivocada. Todos saben que fuiste un gran korionos, y si no te quitamos y elegimos a otro fue por algo, ¿no crees? Vendrás y verás que todos tienen un recuerdo cariñoso de ti.

Habían hecho un largo viaje para conseguir que el viejo amigo de padre los acompañara al homenaje. El joven podía sentir la emoción contenida de Tancino esperando su decisión. Olinco se alzó sin decir nada, cogió un bulto en un rincón oscuro. Se sentó y apartó una manta para dejar al descubierto el cuerpo de una cabra muerta. Cuando empezó a hablar no los miraba a ellos, sino al animal.

—Un oso mató dos cabras esta misma noche y se llevó una tercera. Esa maldita fiera lleva rondándonos desde que llegamos aquí, hace una luna. Hace como tres días lo vi a lo lejos, poco después de amanecer, olisqueando entre las encinas; un macho grande. Quiere engordar y acumular grasa antes de que llegue el invierno, pero se ha equivocado de rebaño. Le daremos caza —concluyó el viejo mirando al fin a Tancino.

—¡Pero Olinco! —exclamó padre—. Ya no somos chavales.

Dolio vio cómo el rostro del desconocido se oscurecía.

—¡Tú siempre tan prudente! ¿Crees que no soy capaz? Yo solo no puedo, pero los dos lo mataremos.

Padre agitó la cabeza, nervioso, y luego respondió con su tono de voz más diplomático.

—Yo no puedo ir, Olinco, las rodillas me duelen cuando subo pendientes, las manos me tiemblan y he perdido mi puntería. ¡El tiempo siempre vence la batalla!

—Pensé en darle caza, pero no puedo dejar el rebaño solo. Y no creas que soy un descerebrado, solo no me atrevería. Hace dos noches el caballo lo sintió y empezó a relinchar. Pensaba que era la manada de lobos del valle. Salí con una antorcha dispuesto a encender fuego alrededor de la cerca, pero al final decidí esperar oculto para ver a los lobos y darles un susto… ¡Y el susto me lo llevé yo! Lo llegué a ver casi a mi lado, moviéndose como una sombra. No cruzó por la pradera, sino que se acercó por debajo de las encinas, evitando la luz de la luna, ¿entiendes? Este macho es peligroso. Es muy listo, escúchame bien. Cuando lo vi tan cerca me asusté tanto que casi echo a correr a la choza. No me hubiera dado tiempo a llegar y trancar la puerta.

—Te hubiera matado.

—Lo sé. Pero grité, agité la antorcha y se la lancé, y salió huyendo. Esta noche se ha vengado. Se ha salido con la suya, pero no lo volverá a hacer, yo también soy listo y viejo como él. ¡Y también soy peludo! —rio—. Vamos en su busca y que se quede tu hijo cuidando las cabras. ¿Harás eso por mí? Cuando volvamos partiremos a esa reunión de ancianos desdentados, si es lo que quieres.

—Yo no voy a subir —dijo Tancino con resolución—. Allí arriba solo hay frío, viento y riscos afilados. Ese oso va a hibernar. Sube con el estómago lleno a buscar alguna cueva que la nieve ciegue para pasar el invierno. Déjalo ir, no lo vas a coger tú solo.

—Volverá a matar; si no este invierno, lo hará en primavera, ya sabe que aquí tiene comida fácil. Tancino, los problemas es mejor afrontarlos; si no, volverán cuando estés más débil. —Era un dicho muy repetido por padre, y eso lo dejó sin argumentos un segundo, el tiempo que necesitó el viejo guerrero para seguir refutándole—. Le daremos caza antes de que se refugie. Aún está fresco el rastro. ¡Tocad la cabra! El cuerpo todavía está tibio.

Dolio pasó sus dedos por entre el suave pelo. No parecía tener calor, pero los ojos acuosos tenían aún el brillo de la vida.

—Podemos llamar a los hombres de la aldea para que te ayuden. Si salgo ahora a avisarlos, llegaré antes de que anochezca —intentó padre.

En Everóbriga se preparaban precipitadas batidas cuando un oso mataba ganado antes de que su rastro se perdiera en los bosques; si no lo cazaban, antes o después volvería a atacar por la zona.

—Se te va a hacer de noche, te perderías —negó Olinco—. Y la batida no empezaría hasta mañana. Para entonces el rastro se habrá difuminado y el oso andará demasiado lejos.

—No dejaré que subas solo. Y más ahora que el día está avanzado.

—Hay que salir cuanto antes, lo sabes tan bien como yo. Si tanto te preocupa la vida de este viejo, puedes acompañarlo —dijo con sorna.

Durante unos segundos se formó un silencio pesado.

—Puedo ir yo —apuntó Dolio.

Olinco lo miró de verdad, por primera vez.

—En verdad es muy arrojado, es todo un hombre ya el pequeño Tancino.

—Se llama Dolio, y no sabe lo que es un oso. —El rostro de padre se había vuelto sombrío.

—¿Pero sabe usar la lanza? ¿Y el arco?

—¡Claro! Pero es muy peligroso. Dolio, ¿seguro que quieres ir?

—¡Sí!

—Debe endurecerse. Pronto vendrán los romanos y no será tiempo de pastores, sino de guerreros —señaló Olinco mirándolo con una leve sonrisa.

Tancino dudaba, jugando con una ramita entre los dedos. Parecía no atreverse a decir algo.

—¿Entonces me preparo, padre? —preguntó, impaciente.

Tancino lo miró unos segundos con el ceño fruncido. Luego asintió.

—Venga, enjaeza a Zambo mientras preparamos tu equipaje. Y carga la lanza de fresno.

¡Padre le dejaba la mejor lanza y su caballo! Normalmente, él y el enano montaban a la vieja Morena, muy pocas veces al impetuoso Zambo, que era mucho más joven, rápido y resistente. Salió y puso la silla al caballo, que meneaba altivamente la hermosa cola. Seguro que pensaba que volvían a la aldea. Padre le ayudó a apretar las correas en su vientre y le susurró al oído.

—Hazle caso siempre y aprende de él, hay mucha sabiduría en sus palabras. Y protégelo, pues conserva el valor de su juventud pero su cuerpo ha envejecido.

—Sí, padre.

Tancino lo abrazó contra su pecho largo rato y Dolio se sintió a la vez orgulloso y asustado.

—Te vas a hacer un hombre. —Puso una mano en su mejilla—. Hemos hecho muy bien en venir, mi viejo amigo necesita que lo saquemos de aquí. Si matáis al oso seguro que vendrá con nosotros, y así volverá a tener contacto con el mundo. Tiene que enfrentarse a lo sucedido. Lleva veinte inviernos con un fantasma en la cabeza y en Helmántika se le desvanecerá.

Dolio le iba a preguntar a qué fantasma se refería, pero llegó Olinco y calló. Los tres se acercaron a la parte de la cerca más alejada de la choza. Se veía que la valla había sido reparada hace poco, por allí entró el oso. Anduvieron un poco más hasta llegar a una hondonada donde confluían las aguas desbordadas de las lluvias en varias pequeñas corrientes.

—Mira.

El joven vio una gigantesca huella de oso en el barro húmedo, muy reciente.

—Va al arroyo, ven.

Los dos se volvieron y se despidieron con un gesto de Tancino, que apenas era una silueta oscura con el cielo encendido a sus espaldas. No sabía por qué, sintió tristeza y saludó con un vigoroso movimiento. Las sombras se alargaban cuando los dos se alejaron de la choza sobre sus monturas. Empujadas por un viento súbito, las hojas de las encinas volaron a su alrededor en silenciosos destellos dorados.

Antes de llegar al arroyo, Olinco desmontó y le hizo un gesto para que no se acercara. Deambuló encorvado a gran velocidad, deteniéndose bruscamente aquí y allá, a veces agachándose para mirar con detenimiento la arena y las piedras. Le indicó que se aproximara y empezó a dar vueltas en círculo, alejándose poco a poco, haciendo una espiral creciente alrededor de Dolio. Señaló algunos puntos murmurando mientras saltaba entre rocas de granito junto a la corriente del arroyo. Dolio lo siguió con las dos monturas de la mano, observando bien dónde señalaba, sin entender nada y sin atreverse a preguntarle qué veía ahí. Al fin dejó de rastrear y se incorporó lentamente con las manos a la espalda. Levantó la mirada hacia la ladera y más arriba, hacia las montañas nevadas, y estuvo un rato quieto. Luego se volvió y lo miró con un brillo alegre.

—Ha ido para allá. Sube a la sierra.

—¿Cómo lo sabes? Las huellas se acaban en el arroyo.

—Ha llevado el cuerpo de la cabra en el hocico, alzada, pero algún mechón de pelo se ha caído, ¿no los has visto? Y mira esa gran piedra, ¿ves la humedad? Algo muy pesado le ha dado la vuelta. Ha subido por ese camino —dijo señalando un sendero de jabalís que discurría por una vaguada serpenteante.

Avanzaron por el sendero con Olinco abriendo paso a espadazos para que pasaran las monturas. El viejo señaló unas ramas tronchadas.

—Solo un animal grande ha podido romperlas al pasar. Mira cómo rebosa la savia, ¡está cerca! Es una pena que caiga la noche.

Llegaron a un pequeño prado ligeramente inclinado mientras a su alrededor todos los colores se difuminaban en grises. Olinco empezó a desatar las sillas de montar. Dolio se acercó a una línea de fresnos un poco más abajo de donde estaban y recogió leña algo amedrentado, muy atento a los sonidos y a los movimientos entre las sombras crecientes. A la vuelta miró varias veces hacia atrás y solo se relajó cuando estuvo junto al viejo guerrero en el centro del prado. Encendieron fuego bajo incontables estrellas titilantes, mientras a su alrededor los árboles se mecían en silencio.

—No temas, no nos atacará junto al fuego y si se acerca, los caballos nos avisarán.

Dolio asintió, pero no le pasó desapercibido que Olinco colocara la espada y la lanza muy a mano, y lo imitó.

Pusieron leña más gruesa encima, que pronto fue lamida por las llamas. El calor empezó a calentar sus piernas cansadas. ¡Qué a gusto junto al fuego! El viejo echó trozos de tocino sobre las brasas. La saliva inundó su boca mientras veía cómo Olinco cortaba varias tajadas de pan de bellota. El inesperado ulular de una lechuza sobre ellos fue languideciendo hasta convertirse en un susurro lejano. Se imaginó que el oso los observaba desde las tinieblas y se obligó a pensar en el trozo humeante de grasa que Olinco ponía sobre la rebanada. La cogió con ansia y durante un tiempo los dos comieron en silencio mientras la oscuridad a su alrededor se hacía completa.

—Mi padre me ha dicho que estuvisteis juntos en el asedio de Helmántika, cuando Aníbal. —Una ráfaga de viento le agitó el pelo encanecido mientras masticaba sin responder—. ¿Luchaste contra Aníbal?

—Bueno, contra él no —apareció una media sonrisa en su boca, y Dolio se sintió estúpido—, pero lo vi de lejos. Vestía una armadura de oro que reflejaba los rayos del sol, para que todos supieran dónde estaba y lo que valía. ¿Has estado alguna vez en Helmántika?

—Nunca —respondió mirando al fuego. Luego levantó la mirada y se explicó—: He bajado una vez a la feria del valle, nunca he ido más lejos. Salvo en este viaje.

El hombre asintió con un leve gesto mientras mordía su pan con tocino.

—¿Entonces estuviste en el combate contra el elefante? Mi

padre me ha contado muchas veces esa historia y siempre me dice que tú estabas entre quienes lo matasteis.

—Así es. ¿Cuántos inviernos tienes?

Olinco fijó su vista en él. Había desaparecido el ceño fruncido y la mirada ausente y, ahora, su rostro, con las llamas de la hoguera bailando en su piel morena, parecía relajado, incluso amigable.

—Diecisiete.

—Tú aún no habías nacido —señaló como introducción, echó más ramitas a la hoguera y se acomodó frente a él con calma mientras sacaba un palo de regaliz para mordisquear. Dolio no se impacientó porque sabía que esos eran los preámbulos de una gran historia.

—Te voy a contar cómo matamos al elefante, pero, como tenemos tiempo, empezaré por el principio. Aníbal era solo un poco más mayor que tú cuando vino a hacernos la guerra, con cientos y cientos de hombres obedeciendo sus deseos.

—Yo no podría mandar sobre cientos y cientos de hombres.

Olinco sonrió de oreja a oreja.

—Tú no has sido educado para ser un jefe de asesinos. Alégrate de ser solo un pastor. Aníbal era un genio, pero nació en la familia equivocada y solo escuchó palabras de odio, envidia y ambición. Por eso en su vida solo sirvió al mal.

Dolio lo miró extrañado. Había escuchado numerosas historias sobre el joven general cartaginés y había oído de todo: asesino, saqueador, carroñero, traidor a su palabra, alimaña del desierto… pero nunca nada bueno, como si fuera la maldad de todos los espíritus oscuros personificada en un ser humano.

—Como le había enseñado su padre, siempre hacía la guerra antes de que se recogiera la cosecha, para que los pueblos no pudieran refugiarse tras sus murallas con los graneros llenos. Así se ahorraba largos asedios, pero a cambio debía lidiar con el tiempo cambiante y duro de las Tierras Altas en primavera y con los ríos crecidos. Pero esa primavera no había llovido mucho, los ríos corrían bajos, y Aníbal abandonó Qart Hadasht[14] y empezó sus correrías temprano. El año anterior había atacado a los olcades[15], al sur del Tajo, y al destruir su ciudad más importante, Althia, había conseguido que los demás se le sometieran sin luchar. No solamente comandaba tropas de cartagineses venidas con él del País de Arena[16], también había contratado tropas de mercenarios iberos, despiadados saqueadores sin escrúpulos, y siempre protegía sus flancos y exploraba el terreno con su caballería númida. Ese año se adentró en territorio vetón desde Lacimurga[17]. Subió por Turgalio[18] y, como sus habitantes se resistieron, tomó por la fuerza la enriscada fortaleza, esclavizó a todos y quemó el castro como advertencia al resto de Vetonia. Después, subió por Lama y Capara[19], que se plegaron a sus condiciones, y ya nadie se le resistió abiertamente.

—¡Qué cobardes! Si hubieran luchado hasta la muerte nunca hubieran atravesado Vetonia —exclamó Dolio sin poder contenerse más.

---

14 Actual Cartagena, fue fundada pocos años antes del inicio de esta historia por los cartagineses. En ella se refugiaban en invierno y desde ella extendían sus dominios y organizaban sus razias por la Península.

15 Se desconoce dónde habitaban los olcades, aunque hay indicios de que era al sur del Tajo.

16 Los cartagineses son originarios de Túnez, en el norte de África.

17 De ubicación desconocida, algunos historiadores la sitúan en la actual Orellana la Vieja, Badajoz.

18 Actual ciudad de Trujillo, provincia de Cáceres.

19 En el término municipal de Guijo de Granadilla (Cáceres).

—Sus tropas eran muy numerosas y las precedía la fama de los sanguinarios mercenarios iberos, que deseaban encontrar cualquier amago de resistencia para que Aníbal les diera permiso para saquear y violar sin piedad. Muchos huían a los montes dejando sus objetos de valor. Algunos poblados aceptaban sus condiciones y les proporcionaban plata, jóvenes y víveres, y así evitaban desatar su furia. Pero, a pesar de las llamadas a la sensatez de los mayores, algunos no nos quedamos quietos. Los korionos de cada castro de la Hermandad de Cabritos de Ataecina[20], a la sazón la más extendida y arrojada por la Vetonia Lunar, nos reunimos y decidimos ir a la guerra con entusiasmo. Jóvenes valientes cabalgaron día y noche difundiendo la convocatoria. Arengamos frenéticos en las plazas y en las reuniones de la hermandad, y el llamamiento a la guerra se extendió por toda Vetonia. No fueron pocos los que decidieron descolgar las viejas espadas y atarlas a la cintura. De Everóbriga salimos catorce guerreros, tu padre entre ellos, y también el Grajo. Cabalgamos día y noche hacia el enemigo, que, según las noticias, avanzaba sin que nada lo detuviera hacia nosotros. Nos fuimos agrupando con otras bandas por el camino y acosamos a caballo a las tropas cartaginesas. Les tendimos emboscadas, saqueamos sus líneas de abastecimiento, envenenamos su agua e incluso una vez provocamos un gran incendio cuando el viento soplaba fuerte hacia ellos. Siempre que se hacía de noche buscaban lugares elevados y levantaban durante horas empalizadas de troncos para que en la oscuridad no nos adentráramos entre sus tiendas para matar e incendiarlas.

---

20 Las hermandades (de guerreros, de bardos, de mujeres, de druidas, etc.) eran redes de afinidad, a veces más fuertes que el poblado o el clan familiar, que probablemente organizaban encuentros periódicos de sus miembros. Constituían redes de solidaridad que evitaban o suavizaban los conflictos territoriales.

—Mi padre me dijo que fuiste el korionos de la Hermandad de Cabritos de Ataecina[21].

—Un líder que presume no es un buen líder. Así fue, y no hablaré de ello ahora.

—Pero atacasteis al ejército de los cartagineses, los enfrentasteis cara a cara.

—¡Qué va! No podíamos vencerlos, así que nos dedicamos a acosar su retaguardia.

—¿La retaguardia? —preguntó decepcionado.

—Claro. El ejército de Aníbal no podía confiar solo en el alimento que robaba en su avance, pues muchas veces encontraban los pueblos desiertos y el ganado escondido. Por cada soldado en la vanguardia de su ejército, Aníbal dedicaba al menos tres hombres a llevar comida y otros bienes desde sus territorios en la Iberia. La columna de abastecimiento estaba formada por un sinnúmero de carreteros y muleros y soldados para protegerlos, pero también por un extravagante revoltijo de bardos y ladrones, mercaderes de esclavos y prostitutas, profetas desharrapados y sacerdotes en palanquines de seda, tahúres y prestamistas y otra mucha gente extraña, todos ellos alimentándose del dolor y el botín, a partes iguales, que el avance del ejército dejaba a su paso.

—Si el resto de los vetones os hubiera imitado en vez de temblar, podríais haberlos matado a todos.

Olinco se detuvo y lo miró extrañado.

—¿Cómo dices? ¿Quieres matarlos a todos?

—¡Sí! Quiero ir a la guerra, matar muchos enemigos, traer

21 La diosa Ataecina era, para numerosos pueblos celtiberos e iberos, la diosa de la primavera, del renacer, de la cabra, la fertilidad y la curación. Las diosas femeninas están asociadas a las culturas igualitarias y aún no patriarcales-jerarquizadas.

las calaveras y apilarlas en el porche de mi casa. ¿Qué puede haber más noble? ¿Qué te pasa? — inquirió el chico extrañado.

—No sabes lo que dices, no sabes lo horrible que es la guerra. Hay que luchar, pero no hay nada bello ni noble en matar, degollar, ver sufrir a otros seres humanos. —Alzó un dedo al aire—. Desde fuera la guerra parece un acto glorioso y noble, pero eso es porque los guerreros cuando vuelven a casa cuentan sus hazañas, no los actos de los que se avergüenzan. Y eso los que son sinceros. Si todos los viejos que dicen haber luchado contra Aníbal realmente lo hubieran hecho, jamás hubiera salido vivo de la Celtiberia.

Olinco había escuchado palabras muy parecidas, rebosantes de odio ciego, mucho tiempo atrás.

—¡Matemos a todos! —le susurraba el Grajo una y otra vez al oído.

Olinco contemplaba frente a él a una masa variopinta arrodillada con la frente tocando el suelo, esperando su destino. No había habido lucha; los Cabritos habían encontrado la columna de abastecimiento en terreno abierto y con apenas unas decenas de escoltas, que habían huido en un precipitado galope al verlos. Tancino, siguiendo sus órdenes, había salido en persecución de los que huían perdiéndose en la espesura de retamas y ahora se arrepentía de haberlo enviado, porque se veía solo ante el mayor desafío que jamás había enfrentado en su vida.

Podía sentir su angustia, sabía que sus corazones latían frenéticos mientras sus cabezas tocaban la tierra que pronto empaparían con su sangre. No habían intentado huir, era inútil. Viajaban a pie o en carro y no eran guerreros. Tenían pintas extravagantes y ninguno se distinguía por su valor: se habían arrojado a la tierra entre súplicas de perdón y extendían los brazos sobre la hierba. Mandó a su yegua negra andar al paso delante de ellos para contemplarlos mejor. Las manos brillaban en dorado y plateado, repletas de piezas de oro y plata, mientras murmuraban súplicas en lenguas desconocidas. ¡Intentaban salvar sus vidas con ellas! El desprecio y la pena inundaron el corazón de Olinco. Habían abandonado sus casas, sus familias, para venir a la Celtiberia a morir, ¿pero por qué? Quizá lo único valioso para ellos eran esas fichas. Toda esa gente había enloquecido.

Los Cabritos lo miraban en silencio, sabía que la mayoría querían sangre. Entre ellos se hallaban algunos supervivientes de Turgalio, el pueblo esclavizado y arrasado por Aníbal, y habían contado decenas de veces alrededor de la hoguera las atrocidades que el ejército enemigo había cometido contra gente inocente. Habían quemado viva a una madre con su bebé por atreverse a enfrentarlos, y siempre que se contaba esa historia los Cabritos musitaban juramentos de venganza mortal, juramentos que también Olinco había hecho sinceramente. ¡Por eso estaba allí! Y, sin embargo…

—Estos no son guerreros —dijo con toda la firmeza que pudo reunir.

—Son la chusma que se alimenta de ellos y les abastece, lo mismo da.

—No es lo mismo. Sangre por sangre, no podemos hacerles más daño del que cada uno de ellos ha hecho. Y estos no son asesinos, ¡miradlos!

Muchas voces se alzaron para contradecirle. Una destacó sobre el resto:

—¡Matadlos! ¡Matadlos! —La voz surgía de un chico con un bozo incipiente bajo la nariz. Olinco conocía bien al chiquillo, que aún no había dejado de crecer. Era uno de los pocos supervivientes de Turgalio, y todos habían sentido el deseo de consolarle y vengar su dolor. Muchos secundaron su grito, vio deseo de sangre en las miradas. No sabía qué decir, pero se decidió a hablar porque el tiempo corría deprisa y muchos ya no lo miraban a él, sino a los rendidos, y el suave ruido del hierro deslizando por las vainas se oía aquí y allá en siniestros susurros.

—No los mataremos. Esa es mi decisión, y soy vuestro korionos.

—¡Eres un blando! —La voz del Grajo era una mezcla de asombro y furia—. Son gente sin moral ni piedad; seguro que muchos portan las joyas saqueadas de nuestros muertos en Turgalio.

—¿Queréis discutirlo acaso alrededor de un fuego? Los que han huido darán la alarma y pronto se presentará la caballería enemiga. No es el momento para asambleas. Soy el korionos, así me habéis elegido para que decida cuando no haya tiempo para la palabra. Yo no quería serlo, fuisteis vosotros quienes me escogisteis. Si queréis matarlos, hacedlo, y no volveré a ser vuestro jefe de guerra, deberéis escoger a otro. —Dicho esto, pasó el cuerno de señales al Grajo, que lo cogió con asombro.

Olinco sintió un alivio extraño e inmediato al dejar de tocarlo. Al fin se había librado de una responsabilidad que hacía tiempo que se le hacía demasiado pesada.

—Nadie quiere que dejes de liderarnos. Nos trajiste la victoria una y otra vez contra tropas que parecían invencibles —dijo una voz.

—Sí, Olinco ideó cómo acosarlos sin aceptar enfrentamientos abiertos, y nos trajo las primeras victorias —se sumó otro—. Te obedeceremos aunque nos pese.

—Me siento más tranquilo sin llevar el peso del mando, es la verdad, y entre vosotros son numerosos los que saben decidir cuando el acero toma la palabra.

Su resistencia a aceptar otra vez el cuerno de mando provocó una oleada de aclamaciones y súplicas. Ahora ya nadie dudaba: toda la banda, en un griterío ininteligible, le pedía a coro que siguiera siendo el korionos. El Grajo no dijo nada, solo le volvió a ofrecer el cuerno con mirada clara y firme. Olinco dudó un instante, pero pensó en la vida de las personas que esperaban de rodillas, y lo aceptó. Los Cabritos rompieron en vítores.

—¡Vale, basta! No hay demasiado tiempo, así que callad y actuad *deprisa. Cortad la diestra[22] a todos los que porten armas o armaduras. Hacedles entender que si los volvemos a encontrar en Vetonia, morirán. Meted fuego a todos los carros y espantad a los animales que no podamos llevarnos.*

Obedecieron de inmediato. Mientras algunos sujetaban a los escogidos, el joven turgalio rebanaba sus manos con torpeza salvaje. Los gritos de dolor, los animales corriendo asustados y erráticos por entre los carros, que ardían aquí y allá en la llanura, dieron forma a un recuerdo que nunca se borraría de su memoria.

—Entonces, ¿era realmente invencible el ejército enemigo? ¿Eh? —preguntó Dolio con voz aguda y rápida para que el viejo dejara de parpadear de sueño y siguiera contándole aventuras.

Olinco pareció volver de sus recuerdos y su voz débil se volvió firme y segura.

—Eran al menos cien veces cien hombres, a pie y a caballo, y cuarenta elefantes, así que era imposible detenerlos, solo pudimos intentar frenarlos en su avance. Finalmente empezaron a subir por la sierra, siguiendo el antiguo camino de Tarsis. Pensamos organizar un ataque simultáneo en varios puntos en cuanto las tortuosas cuestas de las montañas estiraran las columnas enemigas cuando, inesperadamente, un día, poco después de amanecer, toda la caballería númida cabalgó hacia nuestro campamento. Emprendimos una precipitada huida, pero los enemigos siguieron tras nosotros. Los númidos son buenos jinetes, cabalgan sin bridas ni silla

---

22 Cortar la diestra a los vencidos, para que no pudieran volver a empuñar un arma, era una costumbre lusitana que bien podría existir entre otros pueblos celtizados como los vetones.

y no llevan armas pesadas, pero gracias a ello son muy rápidos. Aunque no conocían el terreno, eran intrépidos y más numerosos, de modo que no los enfrentamos. Nos internamos en el Valle del Jerte, y allí confundimos el rastro en las aguas del río. En cuanto los hubimos despistado cruzamos la cordillera por Tornavacas. Sabíamos que Aníbal no nos esperaba, pensaba que estábamos aún al sur de las montañas, de modo que si lo planeábamos bien, podríamos hacerle mucho daño. Galopamos sin descanso y nos reagrupamos en el santuario del Berrueco[23]. Algunos caballos habían muerto por el sobresfuerzo y todos estaban agotados. Al Grajo lo tuvimos que bajar entre varios; se había atado al animal para no caerse de dormido y no tenía fuerzas para desatarse. Los druidas nos acogieron bajo la protección de Ataecina después de que les entregáramos las armas. Nos dieron cama, comida y cuidados, ¡los dioses los protejan! Mientras los demás descansaban, tu padre, siempre incansable y atento al deber, no me dejó tranquilo hasta que trepamos a la atalaya. Por fortuna, no divisamos al ejército enemigo. Su avance era muy lento, y eso nos permitiría emboscarlos justo donde más nos convenía. Al día siguiente partimos hacia el sur y buscamos un lugar adecuado en el camino de Tarsis[24]. Escogimos un valle entre Caelónico y Okelon que descendía estrecho y oscuro hacia el río Corpedo[25], y preparamos bien la emboscada.

---

23 Cerca del municipio del Puente del Congosto, provincia de Salamanca.

24 Nombre ficticio para denominar esta vía de comercio que recorría de norte a sur la Península, creada probablemente por el reino tartésico siglos antes de nuestra historia, y que más tarde los romanos llamarían Vía de la Plata.

25 Caelónico era el nombre de Puerto de Béjar. Okelon, quizá, el de Béjar, aunque también pudiera haberse llamado Deóbriga. Corpedo es la posible denominación del actual río Cuerpo de Hombre, aunque el término corpedo también se asocia a robledal.

—¿Es cuando matasteis al elefante?

—Sííí —respondió con una sonrisa.

—¡Esa historia la conozco! Mi padre la ha contado cientos de veces y nadie se cansa nunca de oírla. Me ha hablado muchas veces del día del elefante. Daría lo que fuera por poder ver uno de esos seres alguna vez. Pero él no fue de los que lo mató.

—Tu padre dirigía el grupo que contuvo a los cartagineses y luchó con mucho valor. Varios de los hombres bajo su mando murieron para que nosotros pudiéramos batir a la fiera y a los soldados. Debes estar orgulloso. Ahora escucharás una nueva versión —anunció acomodándose—. Los grupos de exploradores a caballo se adentraron en el valle sin vernos. Esperamos con paciencia a que pasaran las primeras columnas de hombres por el camino, ocultos tras los matorrales o camuflados bajo una capa de musgo. Vimos que uno de esos gigantescos seres, un elefante, cojeaba y se iba quedando rezagado. ¡Era un regalo del destino! Finalmente se detuvo en un hayedo en ladera, un lugar oscuro y húmedo, y pronto fuimos acercándonos con sigilo. Lo hicieron sentar, bajaron los cuatro hombres que iban sobre su lomo, le quitaron el castillete que lo coronaba y las protecciones de cuero. Los acompañaba una escolta de cien hombres, que se dejaron caer agotados sobre las raíces nudosas de las hayas mientras el cuidador intentaba curar la pata del hermoso animal, que respiraba profundamente y emitía un extraño sonido desde su larga nariz. Una vez que pasaron el resto de las tropas y se hubieron quedado solos, ordené a un compañero que cruzara el pequeño valle para decirle a tu padre, que esperaba oculto en la otra ladera, que contuviera las tropas de Aníbal si volvían a auxiliar a los rezagados en el ataque, y esperé un tiempo prudencial hasta que llegara la orden.

Mientras el mensajero se pierde agachado entre los matorrales, Olinco y los suyos quitan los trapos atados a los cascos de los caballos para que no hagan ruido y se encomiendan a la diosa Ataecina. Los nervios pueden enloquecer a un hombre antes del combate y muchos a su alrededor se pasan calabazas huecas llenas de cerveza de alta graduación, pero él no bebe. Su truco para disolver el miedo es no pensar, concentrarse intensamente en el brillo del sol en una hoja, el murmullo del arroyo al fondo del valle, el roce del pomo de la espada en su mano, el vaho que produce su yegua negra al respirar... El canto de la oropéndola llega hasta ellos rebotando en el espeso techado de hojas de haya y sienten un brinco en el corazón. Es la señal convenida que les indica que los de enfrente están enterados y listos. Montan sobre los caballos con fiera decisión.

A un gesto de Olinco descienden en fila india por un sendero, cada vez más deprisa. Cuando el terreno se abre rompen a cabalgar. En un instante se precipitan al camino sobre el grupo de cartagineses que aún se están levantando, confusos. Aúlla con los demás para paralizar al enemigo y combatir el miedo propio. Ordena frenar a su yegua y arroja su lanza a uno de los pocos que los enfrenta, agrupados en compacto y aterrado pelotón. La lanza penetra debajo de la oreja, matándolo al instante. Embiste al grupo con el cuerpo de su yegua negra, entrando violentamente entre ellos y deshaciéndolo. Desciende con fuerza la espada sobre un rostro y la sube ensangrentada. El líquido tibio chorrea hasta la empuñadura y sobre la mano. Los gritos ensordecen sus oídos mientras busca dónde golpear. Los soldados huyen en todas direcciones y los vetones los ensartan por la espalda con sus lanzas. El elefante no tiene puesta la coraza, las lanzas y flechas se le clavan en la gruesa piel y lo hacen enloquecer. Arranca a correr barritando y en su huida arrolla a dos soldados cartagineses y derriba a un jinete vetón. Unos y *otros se apartan mientras los troncos crujen al partirse como pajitas a su paso. Antes de que pueda darse cuenta de lo sucedido, ya no hay enemigos, solo lamentos de dolor y cuerpos esparcidos aquí y allá. Algunos de los Cabritos se agrupan a su alrededor mientras otros han ido en persecución de la gran fiera. Olinco hace un gesto y todos galopan hacia allá mientras en la lejanía oyen el fragor de una pelea, la de Tancino y los compañeros que contienen a los cartagineses que vienen a auxiliar a los emboscados. Avanzan por el camino que ha abierto la bestia en su huida, sorteando robles tronchados y pisando vegetación aplastada y regueros de sangre. Encuentran a los demás compañeros alrededor del elefante, que yace inerte con un árbol muerto clavado en el pecho.*

—Ha debido de embestirlo —dice el Grajo, que tiene la respiración agitada y la punta de la lanza manchada de brillante sangre roja.

Olinco hace sonar el cuerno para que Tancino y los suyos dejen de contener al enemigo y se retiren mientras contempla impaciente cómo Grajo y otros han descabalgado e intentan seccionar a enérgicos espadazos los inmensos colmillos de la gran bestia.

—¿Grajo? Creo que mi padre me ha hablado de él alguna vez. ¿Irá al homenaje de los veinte inviernos? —preguntó Dolio, un poco avergonzado de no haber prestado atención a las batallitas que Tancino les ha contado tantas veces alrededor del hogar.

—Grajo estará allí, pero solo en nuestro recuerdo —repuso Olinco arrojando ramitas a las llamas, y Dolio comprendió—. Tenía unos brazos gruesos como troncos de encina y los hombros más anchos que los de un tallador de verracos. Gustaba a las chicas y conocía tantos cuentos como los viejos más parlanchines. Acompañaba sus historias con una flauta y siempre, siempre, reía con descaro. Aunque tuviera miedo

—dijo alzando la mirada al chico con una sonrisa triste.

—¿Y qué pasó luego? —preguntó con excitación.

Olinco ahogó un bostezo.

—Huimos por los bosques antes de que la caballería núida se nos echara encima. Casi nos alcanzan, pero no nos persiguieron muy lejos, temían ser emboscados otra vez.

—¿Y después qué hicisteis? —demandó precipitadamente para evitar que decidiera irse a dormir.

—Seguimos acosándolos durante un tiempo por la dehesa de encinas y quejigos mientras veíamos impotentes cómo avanzaban encontrando pueblos abandonados o sumisos. Hasta que nos encontramos con una banda de vetones venidos desde Miróbriga[26] y de Lusitania[27] que también acosaban a los cartagineses. Fueron los primeros que nos dijeron que Helmántika estaba decidida a resistir. Contentos porque al fin se iba a presentar una oposición seria a los invasores, pusimos rumbo a la ciudad del Salmatia[28].

—¿Y erais muchos? —Dolio había perdido todo el miedo al oso y lo contemplaba en cuclillas, con las manos extendidas cerca de las llamas.

—Éramos muchos menos de los que tendrían que haber luchado, pero nuestra banda, formada en su mayoría por miembros de la Hermandad de Cabritos de Ataecina, era bastante numerosa. Siempre que pasábamos por un poblado intentábamos animarlos al combate. Grajo enganchaba los colmillos del elefante en los lomos de su caballo de modo que se abrían a los lados como los cuernos de un uro y tiraba de

---

26 Actual Ciudad Rodrigo, provincia de Salamanca.

27 Actual Portugal, aproximadamente.

28 Probablemente, el nombre prerromano del río Tormes.

su montura imitando el sonido de la bestia y reía. Yo siempre daba un discurso subido a una piedra o a un carro, para arengar a la lucha. Los demás entraban gritando y mostrando las armas robadas a los cartagineses, y en la calle principal arrastrábamos atados a la cola de nuestros caballos los estandartes que les habíamos robado, para demostrar a los aldeanos que era posible derrotarlos. Sin embargo, las asambleas de los castros decidían huir a los bosques y montes antes de que llegaran las tropas cartaginesas, pues la esclavitud o la muerte era segura para quien intentara enfrentarse al invasor. Pero también en todas las aldeas se nos unían algunos jóvenes, de modo que nuestra banda fue creciendo y llegó a tener más de cuatro veces cien hombres.

—Entonces, ¿desde Turgalio ningún pueblo se atrevió a desafiarlos?

—Exacto, y es normal. Ninguna población tenía el tamaño, las murallas ni el valor de desafiar al general cartaginés. Salvo Helmántika.

Cuando Olinco vio las murallas y torres al otro lado del río, dominando desde la enriscada altura de la colina[29] todo el territorio, pensó que era una fortaleza inexpugnable. Era, sin duda, la ciudad más grande que había visto en su vida. Las casas y huertas se extendían en barriadas fuera de la muralla hasta ocupar un pequeño teso al oeste del cerro principal amurallado[30], y entre las dos alturas de la ciudad había una vaguada por la que corría un arroyo que iba a desembocar al Salmatia. Los pastos de la vaguada estaban señalados como posesión

---

29 Actual teso de las catedrales.

30 El teso (o cerro) de San Vicente, en realidad el primer núcleo habitado de la ciudad. Hoy en día es el más importante yacimiento vetón.

del castro con un orgulloso verraco de gran tamaño[31] y en ella existían corrales para ganado y puestos de mercaderes. Río arriba y ocupando las laderas de un tercer cerro[32], podían verse extensos campos de trigo y cebada ondeando con el viento para admiración de los Cabritos, que estaban acostumbrados a las pequeñas huertas de uso familiar de sus aldeas.

—¿Crees que nos recibirán bien? —preguntó Tancino, siempre desconfiado—. Los helmántikos son medio vaceos, quizá no quieran que luchemos juntos.

—Nos van a cobrar peaje por pasar su vado —dijo el Grajo en tono de chanza.

Los helmántikos dominaban desde su colina el único vado del Salmatia por donde pasaba el camino a Tarsis. Los ganaderos vetones del sur intercambiaban sus ovejas, vacas, cerdos y cabras por el grano de los vaceos del norte en los mercados de la ciudad, que había crecido por su posición privilegiada, quedándose siempre una pequeña porción de las mercancías que cruzaban el vado. Por supuesto, los mercaderes que transportaban minerales por el camino a Tarsis también dejaban un pequeño pago al cruzar. Una cantidad insignificante, proporcional al tamaño de su mercancía, pero suficiente, sumada una con otra, para hacer que la población fuese la más próspera de toda Vetonia. No precisaba de ninguna alianza o federación con otros castros para abastecerse y conseguir bienes de todo tipo y de los lugares más remotos. Helmántika no dependía de pactos: su fuerza era comparable a la de las más grandes federaciones comarcales vetonas y su independencia era envidiada por todos.

---

31 Actualmente, la teoría más aceptada sobre el significado de los verracos es su uso como señalización de pastos comunales para el ganado, a menudo pastos de invierno. De este modo, los pastores trashumantes sabían que eran para uso exclusivo de los rebaños de la población más cercana y, por tanto, prohibidos para ellos.

32 Actual teso o cerro de San Cristóbal.

Descendieron hasta la lenta corriente verdosa del Salmatia entre la balumba de gentes. Un numeroso grupo de mujeres lavaban la ropa en el río y se hablaban y reían a grandes voces, enjambres de críos corrían persiguiéndose, numerosos carros tirados por pares de bueyes acudían o salían por los caminos, rebaños de ovejas pastaban en la distancia. En la orilla, un grupo de guardias con crines de caballo en las hombreras los detuvo. Les preguntaron sus intenciones y uno de ellos galopó a la ciudad para recibir instrucciones mientras los guardias admiraban los colmillos del elefante que el Grajo había colocado a los costados del caballo.

—Disculpadnos, sabemos que venís a ayudar, pero son órdenes de las Cuatro Voces.

—¿Las Cuatro Voces?

—Es el nombre del consejo que toma decisiones hasta que pase el peligro de la guerra. Quieren saber quién cruza al norte del Salmatia.

Olinco intercambió una mirada inquieta con Tancino y esperó. Desde la muralla sopló un cuerno con toques cortos y el guardia les franqueó el paso. Hacía calor y muchos Cabritos entraron al río descabalgados, ante la mirada asombrada de la multitud que se detenía, se acercaba a verlos y les daba la bienvenida y las gracias por acudir. Estaba lloviendo poco esta primavera y el agua del Salmatia solo les llegaba por las rodillas, así que cruzaron con toda facilidad. «Demasiada facilidad», pensó Olinco, pero no dijo nada. Muchos carros tirados por bueyes ascendían trabajosamente por un camino empedrado, y el nutrido grupo de jinetes subió al trote por él en alegre algarabía.

—¿Tancino, has visto bien? Esto parece inexpugnable —dijo Olinco señalando las defensas a medida que se iban acercando.

La muralla serpenteaba impresionante siguiendo los giros naturales de la colina, que allí era muy escarpada. La cuesta terminaba en un portón[33] flanqueado por dos achatadas torres defensivas. El arco de la puerta era una expresiva representación en madera de la cabeza del dios Helman, protector de la ciudad, pintada en vivos colores. Los Cabritos penetraron en fila de a dos entre las abiertas fauces, como si entraran dentro de su cuerpo. A pesar de ir montados en sus caballos, los redondos ojos del dios quedaban muy por encima de sus cabezas. Sus pupilas felinas parecían contemplarles con severidad a medida que traspasaban el portón y entraban en Helmántika.

—¿Será esta la morada del dios Helman? —dijo Olinco, sobrecogido.

—¿Y dónde habitaría Helman sino en la ciudad de sus más fieles adoradores? —respondió el Grajo muy serio. Olinco no pudo detectar un asomo de ironía en su tono, pese a que su amigo siempre había sido un escéptico de cualquier cosa que no pudiera percibir por sí mismo—. Mira qué grosor tiene la muralla —dijo con los ojos muy abiertos cuando superaban la puerta.

Desde luego, era considerable. Olinco y su fiel yegua negra se encontraban dentro del muro sin sobresalir por delante o por detrás.

—Sin duda, es una muralla doble —apuntó Tancino—, por si acaso las máquinas de guerra provocan un derrumbamiento; todavía una segunda pared quedaría de pie.

—Aquí es imposible que ningún ejército pueda penetrar —dijo el Grajo, enfático, mirándolo para encontrar confirmación.

—Habrá que ver todo el perímetro —respondió Olinco con cautela.

Nada más entrar, en un prado junto a la muralla, vieron el recinto interior para el ganado. Estaba tan abarrotado que no se veía el suelo, solo cabezas y cabezas astadas.

---

33 Hoy en día, esta entrada al casco antiguo desde el puente romano (al final de la calle Tentenecio) es conocida como el Arco de Aníbal o la Puerta de Aníbal. La leyenda dice que Aníbal entró a la ciudad por aquí, pero algunos historiadores y arqueólogos discrepan, afirmando que no existió una puerta en ese lugar hasta mucho tiempo después.

—Están acumulando víveres, ¿te das cuenta? —dijo Tancino palmeando la ancha espalda del Grajo.

Olinco sonrió con alegría. No cabía duda de que se estaban preparando para un asedio. Por fin encontraban gente dispuesta a enfrentar a los ladrones.

La calle estaba bloqueada por un grupo de vecinos que los esperaban. De entre ellos, cuatro personas se adelantaron con gestos de bienvenida.

—Las Cuatro Voces os saludan, nobles hermanos lunares[34] —dijo el primero, un hombre maduro y fornido, con arrugas en la frente y un espeso bigote de puntas hacia arriba. Olinco no pasó por alto que el cuerno de korionos asomaba de uno de los bolsillos de su faltriquera—. Permitidme que nos presentemos. Ella es la Voz de la Espiga —dijo señalando a una vieja de mirada inteligente—; nos representa ante los vaceos y cuida de los campos de trigo y cebada. Él es la Voz de la Pezuña —señaló a un anciano encorvado en un bastón de acebo—; trata con vetones y comerciantes de ganado y también organiza los rebaños comunales. Aquel es la Voz de la Piedra —apuntó sin girar la cabeza a un extraño hombre, delgado en extremo, que los miraba con una intensidad que parecía locura—. Y yo soy Zoane, la Voz del Vado —añadió atusándose el bigote—, encargado de acoger, ofrecer seguridad y animales de refresco a los viajeros y mercaderes del camino, y también el korionos de la guardia. ¿Venís entonces a combatir a los enemigos del País de la Arena?

—Así es, yo soy Olinco, el korionos de la Hermandad de los Cabritos de Ataecina. —Había saludado a los cuatro besándoles las manos; ahora respondió abarcando con un gesto a los centenares de hombres y monturas que esperaban detrás de él—. Hemos combatido al enemigo sin poder detenerlo, pero haciéndole daño. Venimos buscando aliados

---

34 En los castros vetones al sur de la cordillera central (habitantes, aproximadamente, de la actual provincia de Cáceres) han aparecido numerosos dibujos de la luna, mientras que los vetones del norte (habitantes de la actuales provincias de Salamanca y Ávila, aproximadamente) tallaban en sus piedras dibujos solares.

para luchar contra el invasor. La valiente decisión de Helmántika de resistir nos ha atraído hasta aquí.

—Bienvenidos seáis, ¡estáis en el lugar adecuado! Está prohibido desenfundar armas dentro de la ciudad y hacer ruido a deshora. Por lo demás, nuestra comida y nuestro vino es vuestro. Os acomodaremos a algunos en la casa comunal, y los demás serán repartidos entre las familias. ¡Bienvenidos seáis cien veces! —dijo alegre, aunque tras sus espesos bigotes sus ojos brillaban con una inteligencia desconfiada—. Seguidme.

Avanzaron por una calle flanqueada por casas cuadradas adosadas unas a otras, señal de que el castro, además de grande, estaba densamente poblado. Muchos esperaban junto a los muros a que pasaran para aclamarlos, palmeaban sus hombros con alegría y los felicitaban por su resistencia. Tancino apartaba la jauría de chiquillos que querían tocar los colmillos del elefante mientras el Grajo, despreocupado de su montura, se había detenido a hablar con algunas muchachas. Llegaron a una plaza donde confluían varias calles. El centro lo ocupaba una vieja morera de tronco retorcido y amplia copa y bajo ella, protegido por la sombra de sus ramas, se hallaba un altar de sacrificios que parecía tan viejo como el árbol sagrado. Alrededor de la morera había varios troncos tumbados a modo de bancos ocupados por ancianos que abandonaron sus conversaciones para contemplar su llegada apoyando las barbillas en sus bastones. Daban a la explanada varios edificios importantes. En un extremo había un telar comunal donde se acumulaba la lana, y junto a él vieron el almacén de comida, con varias gateras a diferentes alturas para que los pequeños protectores del grano entraran y salieran a su gusto.

En otro lateral se encontraba la gigantesca casa comunal de tres alturas, el edificio más grande de la ciudad. Las paredes estaban alzadas con troncos, ordenados de mayor a menor grosor a medida que el muro tomaba altura, pero solo quedaban a la vista en las esquinas, con las puntas de los maderos talladas con cabezas de animales y seres mitológicos. Las paredes estaban cubiertas por lienzos de adobe con relieves de intrincados nudos, entrelazados y espirales, pintados en diferentes tonos verdes, azules y rojos.

Un grupo de mozos y mozas retiró sus monturas para acomodarlas en las cuadras. El de bigotes los invitó a entrar en el gran edificio con sonrisas, reverencias y otras demostraciones de gran hospitalidad. Se descalzó las botas manchadas de tierra en un vestíbulo con suelo de pizarra. Olinco y sus compañeros lo imitaron. Después, apartando unas cortinas, penetraron en la mayor y más bella sala de asambleas que jamás habían visto. A los helmántikos les gustaba cuidar los detalles, no cabía duda. Se fueron sentando y repartiendo los sitios para dormir y unos jóvenes les llevaron humeantes platos de gachas con carne de cerdo.

Mientras los demás Cabritos se acomodaban y peleaban entre risas por los mejores sitios, Olinco no se sentó, sino que salió del edificio intentando pasar desapercibido para todos. Como buen korionos, no podía sentirse tranquilo hasta que no hubiera explorado a fondo los alrededores del lugar de pernocta.

Cruzó la plaza asombrado. En el otro extremo había una inmensa piedra de granito con dos aberturas. Junto a una de ellas, un viejo sentado en un taburete vigilaba que no se apagara un fuego encendido dentro de la roca y evitaba que el humo entrara dentro. ¿Qué estaría haciendo? La otra abertura era más grande y estaba tapada con una espesa cortina de esparto. Se acercó curioso y a la vez vergonzoso de preguntar y observó que el fuego que cuidaba el viejo calentaba una gran olla humeante.

—Increíble, ¿verdad? —La voz a su lado lo sobresaltó. Olinco se giró y vio un vetón con un casco de largos cuernos.

—¿Pero qué es?

—Una sauna, ¿nunca habías visto ninguna? Por aquí se evapora el agua y dentro de la roca hueca el vapor se acumula. Por esa cortina *puedes entrar. No está nada mal, pero no es para tanto. En mi ciudad tenemos una mayor.*

Olinco vio cosida al cuero de su jubón una cabeza de lobo.

—¿Vosotros sois los uailos? —preguntó con admiración.

—Así es, venimos desde Ulaca, Ovila y otros castros del este.

Lo saludó con efusión. La hermandad de guerreros uailos era la más prestigiosa de toda Vetonia. Si las historias de fogata eran ciertas, podían cabalgar sin desfallecer durante días, durmiendo al galope si era necesario, y se decía que habían jurado matar hasta el último cartaginés que entrara en las Tierras Altas.

Unas voces detrás los hicieron volverse. El Grajo y otros Cabritos estaban poniendo los cuernos de elefante en la entrada de la casa comunal, con el escudo con media luna y el cabrito de la hermandad en el centro. En el otro lado de la fachada, Olinco vio la defensa con la cabeza de lobo del dios Vaélico que portaba la Hermandad de los Uailos, liderada por el orgulloso guerrero del casco astado que estaba a su lado.

—¿De quién es? —Olinco señaló un escudo solar con radios curvos.

—De la Hermandad de Vetones solares. Aunque no lo creas, su korionos es una mujer de talla excepcional venida de Bletisama[35].

En la parte más alta de la fachada , los símbolos de la ciudad, adornados con las terroríficas fauces del dios Helman, presidían el lugar.

Cada vez más gente confluía en la plaza. Empezaron a montarse alargadas mesas cuadradas y el olor a comida atrajo a una multitud ruidosa y alegre. En las conversaciones se enteró de que también habían acudido pequeños grupos de guerreros de toda Vetonia e incluso bandas norteñas de vaceos aliados, que veían que Aníbal se aproximaba y pronto cruzaría las aguas del Salmatia a su territorio si no lo frenaban. Aparecieron de la nada barriles de vino y cerveza celta y la más genuina camaradería surgió entre quienes deseaban arriesgar la vida

---

35 Actual Ledesma, provincia de Salamanca.

contra el invasor. Olinco estaba muy a gusto hablando con todos, pero Tancino se mostraba inquieto por ver las defensas de la parte norte, y decidió acompañarlo.

Subieron al parapeto de la muralla que daba al septentrión y allí observaron preocupados cómo la ladera descendía en una inclinación apenas perceptible. La puerta, el punto más débil, era tan pesada que necesitaba a seis hombres fornidos para abrirse. Allí, los muros se hundían hacia adentro, como un embudo torcido cada vez más estrecho, de modo que cuando los enemigos llegaban a la entrada, se encontraban rodeados por todos los lados. El muro de piedra subía casi vertical hasta alcanzar la altura de dos hombres y encima habían construido una segunda pared de troncos y adobe del mismo tamaño, a veces almenada y a veces cubierta por un techado de madera, sobre la que paseaban los vigilantes. Un campo de piedras hincadas protegía el terreno frente a las murallas hasta la distancia de un tiro de flecha: si un enemigo se aproximaba a pie, tendría que avanzar mirando el suelo para no torcerse el tobillo y, por supuesto, la caballería no podría acercarse al castro salvo por el camino. Vieron cómo numerosos grupos de hombres cavaban un foso en esa zona, pero era de poca profundidad, ya que enseguida afloraba la dura roca. Pese a todas esas defensas, la parte norte era, sin duda, el punto débil de la ciudad, pues el terreno era casi completamente llano. Tancino no paraba de repetirlo hasta que contagió su nerviosismo a Olinco. Zoane andaba por allí organizando los trabajos y se acercó a saludarlos. Tancino enseguida le hizo saber que los elefantes eran tan altos que podían servir para saltar el muro.

—Convendría ponerles más difícil que se acerquen —añadió Olinco—. Por ejemplo, podríamos clavar estacas afiladas frente a la muralla.

Zoane agradeció el consejo y en poco tiempo se trajeron troncos y palos. Los dos amigos se unieron a los trabajos; se sentían obligados porque la propuesta había surgido de ellos. Mientras unos afilaban las estacas, otros retiraban la tierra y horadaban la roca madre con gran dificultad para poder clavarlos firmemente[36].

Cuando al fin quedaron libres volvieron a la casa comunal y allí descansaron y durmieron durante toda la tarde. Cayó el sol y los extranjeros que habían acudido a la llamada de auxilio de Helmántika se agruparon alrededor de un gran fuego, bebieron y escucharon las escaramuzas de los demás contra Aníbal. Cuando le llegó el turno a los Cabritos, Olinco se convirtió una vez más en el centro de atención contando la emboscada en la que mataron al elefante, para gran regocijo y admiración de todos. No le costaba hablar en público y muchos le pedían que contara más aventuras. Pero, aunque no sentía la timidez de Tancino, tampoco disfrutaba siendo el objetivo de todas las miradas, como sí le pasaba al Grajo, así que pronto se escabulló a dormir.

Al día siguiente, un grupo de exploradores llegó al galope con noticias. Habían visto las columnas del ejército de Aníbal en toda su extensión en las dehesas al sur de la ciudad. Las tropas del cartaginés sumaban cien veces cien hombres, no pocos de ellos a caballo, y treinta y ocho elefantes, y estaban a menos de un día de camino. Se desataron violentos debates y muchas bandas se prepararon para partir, entre ellos los uailos. Zoane los contemplaba preocupado y los intentaba convencer para que se quedaran a defender las murallas, pero fue en vano. Olinco se acercó extrañado al vetón de Ulaca de casco astado, que retiraba su escudo del dios lobo Vaélico de la casa comunal.

—¿Cómo puede ser que los uailos, legendarios guerreros que nunca dan la espalda al enemigo, abandonen la lucha? —le inquirió asombrado.

—¡Claro que no abandonamos! Pero no queremos acabar atrapados tras las murallas. Cuando Aníbal cerque la ciudad no podremos escapar. Desde fuera les acosaremos a caballo desde todas direcciones.

---

36 Se han descubierto hendiduras en la roca de época prerromana, hechas probablemente para clavar troncos de madera. El patrón caótico y justo frente a la antigua muralla sugiere que no servían para cercar el ganado, sino, quizá, para enterrar firmemente estacas afiladas con fines defensivos.

—Eso es que no confiáis en la defensa —le recriminó el líder helmántiko de largos bigotes oscuros.

—Gracias por la hospitalidad —dijo el ulaco besándole la mano a modo de disculpa y de despedida—. Combatiremos al enemigo desde fuera hasta la última gota de nuestra sangre, tenéis nuestra palabra. —Partió sin mirarlos a los ojos, seguido de sus compañeros.

El helmántiko se acercó a los Cabritos, que contemplaban la partida de las otras bandas en un silencio oscuro, pues iba a empezar su asamblea.

—Si luchamos en el castro lo haremos desde las murallas y no a caballo, donde todos nos sentimos más cómodos. Igual que los uailos, debemos esperar al enemigo fuera y acosarlo, como hemos hecho hasta ahora —dijo el Grajo, y muchos aprobaron sus palabras.

Olinco sintió que para muchos era una buena excusa para abandonar a los helmántikos. Vio que Tancino se incorporaba para hablar. Aunque sabía que no era cobarde y que hablaría desde la sinceridad, era siempre demasiado precavido.

—Si sumamos a los guerreros helmántikos y a los que aquí quedamos para ayudarles, no podremos resistir mucho tiempo al ejército enemigo. Si lanzan un asalto les haremos sufrir grandes bajas, pero son varias veces más numerosos que nosotros y ese Aníbal ha demostrado una y otra vez su capacidad para la guerra. Recordad que las murallas de Althia eran consideradas inexpugnables y los olcades que allí resistieron fueron arrasados y quemados vivos. ¡Cien veces cien hombres! Y los elefantes, claro. Esta muralla no resistirá demasiado el asalto de un ejército de ese tamaño. Yo no tengo miedo a morir, es nuestro deber dar la vida para que paguen cara toda la ignominia que provocan allí por donde pasan esos bandidos, pero es inútil morir en vano.

—¿En vano? —dijo Zoane con voz altiva—. ¡Nosotros hemos decidido resistir y os pedimos ayuda! Tenemos acuerdos sagrados de defensa con muchos de vuestros poblados. Si las alianzas sagradas no se activan cuando el peligro es mayor y nos amenaza, es que no valen para nada. —El líder helmántiko suplicó y acusó, imploró a su valor, a la unión de todos los vetones contra el invasor, dijo todo lo posible para conmoverlos en un discurso que no se acababa nunca. Finalmente, uno de los Cabritos le pidió que los dejara solos dentro de la casa comunal para que pudieran decidir, y Zoane se fue con cara compungida y algo molesta. Olinco decidió que había llegado el momento de intervenir; se fue al centro de la asamblea y alzó la voz.

—Hermanos Cabritos, hemos combatido a los invasores desde el principio y conocemos su brutalidad, pero también sus debilidades. Sabemos bien que no son invencibles ¡y huyen con facilidad si temen por su vida! Habláis de combatir desde fuera, pero en realidad ya hay muchas bandas que lo van a hacer, grupos de jinetes, solares y vaceos, que conocen el terreno, no como nosotros. Y dejar las murallas vacías es una traición a quienes nos han acogido y alimentado como si fuéramos sus hijos. ¡Necesitan guerreros dentro! Toda la muralla debe tener una fila ininterrumpida de manos arrojando piedras, flechas y lanzas contra los invasores. Además, si resistimos el tiempo suficiente, el miedo dará paso a la vergüenza y se activarán los acuerdos sagrados de defensa con todos los demás vetones y vaceos. Helmántika tiene una gran red de acuerdos defensivos, ya que los rebaños de muchos castros cruzan el Salmatia por el vado.

—También tiene muchos enemigos y despierta envidias. Muchos no vendrán a ayudar. Y no lo harán, sobre todo, por miedo a la muerte y a la ruina, porque nadie ha podido resistir a Aníbal aún —dijo Tancino con el juicioso tono de voz que tanto había admirado Olinco en otras ocasiones.

—Nadie ha resistido a Aníbal, pero si lo hacemos nosotros, por los pactos firmados deberán empezar la guerra todos los demás. Creo que cuando alguien decida resistir abiertamente a los cartagineses y consiga detenerlos, todas las demás tribus olvidarán su miedo y gritarán guerra y venganza.

—*Yo digo quedarnos y, si hace falta, morir con honor* — declaró el joven turgalio, exaltado—. *Nos llevaremos por delante a todo cartaginés e ibero vendido que se atreva a acercarse a la valiente ciudad de Helmántika. Vengaremos a los muertos de Turgalio. ¡Como dice Olinco, seremos el ejemplo a imitar de toda la Celtiberia libre!*

Olinco se dirigió a la asamblea con todo el ímpetu que pudo reunir.

—*¡Que Aníbal ataque Helmántika! Será el final de Cartago. ¡Toda Vetonia se les echará encima y jamás volverán vivos a Qart Hadasht!*

Un clamor de vítores y aullidos de guerra resonó en la casa comunal, que se hallaba casi vacía.

—*Muy bien. ¿Quién quiere quedarse?* —preguntó Olinco cuando se calmó el griterío.

Una mayoría de manos se alzó, incluidas las del Grajo y Tancino, que lo miraba, sin embargo, con su eterno ceño fruncido.

Dolio se había despertado sin recordar en qué punto había quedado la historia. Se durmió en algún momento mientras Olinco le describía la ciudad de Helmántika. Poco después de levantar el campamento encontraron el lugar donde había dormido la bestia: el hueco de un pino caído. Vieron los restos de la cabra, que no había sido devorada por completo, y el rastro seguía adelante, bien marcado por las hierbas aplastadas. Se estaban internando en la sierra cada vez más lejos del castro y de la choza y no vieron a nadie en todo el día.

Cuando el sol empezaba a calentar divisaron una manada de veinte uros en la distancia.

—Quizá el oso intente capturar alguna cría de uro —dijo Dolio al verlas.

—Ahora, con el estómago lleno, no querrá arriesgarse. Además, no creo que sea prudente acercarse a ellos.

Dolio asintió. Él jamás se acercaría a un uro y a su cría. Una vez, de pequeño, había visto cómo uno de esos poderosos seres destripaba de una cornada a un caballo, y los cuernos con las tripas enredadas a veces se le aparecían en pesadillas.

Durante todo el día anduvieron por los montes entre matorrales de retama, jara, romero y escoba, que les arañaban las piernas queriendo atraparlos como si fueran telas de araña y los obligaban a zigzaguear. Allí donde el oso se había internado entre el matorral era fácil seguirle el rastro por las ramas partidas y las hojas vueltas del envés, pero debían abrir un camino a espadazos para que pudieran pasar las monturas que cargaban con los víveres, las mantas y las lanzas. Dolio se alegraba cuando llegaban a zonas donde el granito salía a superficie y raleaba la vegetación, pero el viejo se enfadaba porque no se veían las huellas. Cuando esto sucedía mascullaba palabras ininteligibles mientras buscaba señales en círculo, a veces durante mucho tiempo, mientras Dolio se aburría esperando. El rumbo que al fin escogían era, a menudo, incierto.

Pararon a comer en la linde de un pinar y tras una breve siesta reanudaron la persecución internándose en el bosque, sin saber seguro si iban en la buena dirección. Dolio detuvo su paso para observar con asombro uno de los troncos. Buena parte de la ancha y cuarteada corteza se había desprendido en uno de los lados. A veces los linces rascaban sus zarpas para afilarlas o escalar, pero esto era mucho más grande.

—¡Mira!

Olinco retrocedió, lo observó con detenimiento y le dio una palmada de felicitación.

—Aquí se ha estado rascando la espalda; tiene pulgas el maldito diablo. —Poniéndose de puntillas y alzando una mano, cogió algo de la corteza.

Se lo ofreció al chico. Era un pequeño mechón de pelos largos y negros, duros como púas flexibles. Dolio abrió mucho los ojos.

—¿¿Tan alto es??

—Son de la cabeza, pero sí. Debe de pesar como cuatro hombres.

Siguieron avanzando durante la tarde por el bosque, subiendo una empinada y húmeda ladera de robles y castaños en umbría. Dolio intentaba ver qué se ocultaba debajo de las hojas de helechos antes de pisar; más de una vez había estado a punto de caer al suelo, pues no dejaba de mirar a los lados a cada poco temiendo encontrarse a la fiera. Durante el día se había desviado muchas veces del rumbo de Olinco para observar alegre las numerosas setas que iban encontrando, una de las alforjas estaba repleta de parasoles, pero ahora que estaba más cansado ni siquiera las miraba. Se sentía agotado e inquieto. Había perdido la seguridad aburrida de cuando zumbaban los insectos y el sol iluminaba los prados en la lejanía. Al principio del viaje no se había dado cuenta, pero ahora debía ralentizar su paso para que Olinco pudiera seguirle el ritmo. Aunque no dijera nada, el viejo estaba rendido. Dolio también estaba cansado, pero no necesitaba apoyar sus manos en todos lados para ayudarse a subir ni jadeaba recuperando el resuello tras las cuestas. Se preguntó qué sucedería cuando encontraran al oso y tragó saliva… ¡Tenía la boca seca! Allí, rodeado de espesa vegetación, con formas cada vez más confusas por la oscuridad creciente, giraba la vista a toda velocidad cuando sentía algún movimiento. Deseó que no lo encontraran nunca y se decidió a no decir nada si encontraba el rastro.

Un triste silencio cayó entre los dos mientras cabalgaban ladera arriba, como si buscaran los últimos rayos del sol que se ocultaba rápido en el oeste. Un viento frío empezó a descender de la montaña, y los dos cogieron las capas de sus monturas y se arrebujaron en ellas. Era imposible que pudiera seguir el rastro, pero Olinco seguía avanzando sin pausa, tirando de las riendas, con él detrás deseando parar de una vez. Llegaron a una hondonada oscura y, por fin, decidió acampar. El chico golpeó yesca y pedernal sobre un lecho de hojarasca y ramas y enseguida unas llamitas bailaron bajo los troncos.

Cuando estuvieron observó de rodillas cómo sudaba la carne fresca en la cazuela, bañada por el jugo de los parasoles, mientras notaba que su boca se llenaba de saliva. Hasta que no comieron, recogieron, se acomodaron y reposaron un rato no volvieron a hablar.

—¿Dónde crees que va, Olinco? ¿Lo mataremos mañana? —Dolio había recuperado el buen humor.

—¡Quién sabe! Sube a hibernar. Arriba, en la montaña, en algún escondite de difícil acceso.

—Mi padre me contó que una vez descubrió un oso hibernando cerca de la aldea, dentro de un castaño hueco. ¡No tuvo buen despertar! Corrió aterrado hasta las casas sin mirar atrás.

Olinco escuchó su historia divertido, pero sin mostrar asombro. Dolio sospechó por un instante que quizá estuvo también en esa aventura de padre. Al fin y al cabo, se habían criado juntos en Everóbriga.

—Ayer me decías que Aníbal llegó a Helmántika.

—Así es —respondió Olinco mirando al fuego con una leve sonrisa, pensativo—. El Salmatia corría lento pero profundo, salvo por el vado que protegían los helmántikos al pie de su colina amurallada. Habían hecho un juramento público de defenderlo hasta el final para que nadie entrara en pánico en mitad del combate y cada familia había exhortado a sus hijos y padres para que dieran la vida en la playa arenosa del río si hiciera falta. Los lanceros formaron una primera línea defensiva preparados para detener al invasor con una muralla de púas. En segunda línea, una multitud de guerreros con espada y rodelas, dispuestos a enfrentar al cartaginés que saliera del agua y pisara la orilla norte del Salmatia, y detrás, una multitud de arqueros listos para provocar una lluvia ininterrumpida de penetrantes flechas quebradizas. Las tropas cubrían por completo el vado y lucían impresionantes con el hierro brillante al sol, en perfecto orden cerrado, con las hombreras de crines de caballo de múltiples colores agitadas por el viento. Pero nadie estaba preparado para los elefantes que habían cruzado río abajo junto con la caballería. ¿Cómo imaginar que esos monstruosos seres tan pesados podrían cruzar las aguas crecidas del Salmatia? Nosotros, los jinetes, los acosamos con jabalinas y arcos y herimos a dos de ellos, pero nos enzarzamos en combate con la caballería númida que los protegía. No pudimos impedir que cargaran contra los defensores subiendo la orilla. Imagínate todos los elefantes al galope, provocando ese siniestro sonido con sus narices flexibles, coronados por castilletes desde donde los arqueros y lanceros repartían muerte a todo aquel que osara enfrentarlos. Los helmántikos habían jurado aguantar la envestida y esperaron firmes, pero más les valiera no haberlo hecho. Se les echaron encima mientras la infantería cruzaba al mismo tiempo el vado. Enseguida, la línea de defensores se deshizo con violencia. Algunos murieron aplastados o alanceados y los demás corrieron hasta la puerta de Helman y se refugiaron tras la muralla, que en ese punto se alzaba, y aún se alza, escarpada e imponente.

Las calles de la ciudad estaban vacías. Todos contemplaban desde las murallas los movimientos del enemigo, que se desplazaba de aquí para allá, siempre lejos del alcance de las flechas. Un par de horas después del combate del vado, las tropas de Aníbal rodearon las dos colinas del castro y encendieron hogueras por doquier, mientras la caballería patrullaba la retaguardia y llevaba mensajes al galope a la inmensa carpa azul del general, que se ondulaba agitada por el viento en un cerro al norte. Pudieron ver impotentes cómo centenares de hombres levantaron en poco tiempo el campamento principal con tiendas, caballerizas, pabellones de diversos tamaños, letrinas y un comedor al aire libre. Las bandas de jinetes amigos los acosaron apareciendo inesperadamente en varios puntos a la vez, pero la reacción de las tropas cartaginesas fue rápida. Pronto la caballería salió en su persecución mientras que los soldados de a pie que trabajaban en la empalizada cogieron sus armas y se defendieron formando grupos compactos.

A media tarde, los tres amigos, sentados entre las almenas de la muralla norte, vieron por primera vez a Aníbal. Salió del campamento principal rodeado por un nutrido grupo de caballeros. Era inconfundible con su brillante armadura dorada en el centro de los guerreros. Dio una vuelta completa a la ciudad inspeccionando los campamentos y el foso que estaban cavando. A veces hablaba con los hombres, que detenían sus trabajos y formaban en cuadros para esperarlo, y agachaban la cabeza a su paso como gesto de sumisión. El chico se mostraba extremadamente tranquilo, mientras que los gestos de quienes lo acompañaban y de los que le hablaban eran más nerviosos.

—Es increíble que tantos hombres maduros obedezcan a un chaval. Mirad, lo tratan como si fuera un dios —escupió el Grajo.

—Hay que reconocer que parece una persona extremadamente segura de sí misma —apuntó Tancino.

—Me gustaría luchar con él, uno contra uno, con el arma que quisiera —respondió el Grajo—. Con esa armadura de oro no podría esquivar un solo golpe. Puag, cualquiera de nosotros lo tumbaría de una patada en el culo.

Olinco no estaba tan seguro. Se preguntó cómo se comportaría en combate, si sería capaz de luchar con valor cuerpo a cuerpo, manteniendo esa serenidad que mostraba, y por mucho que lo observó no pudo adivinar la respuesta.

Cuando cayó la noche muchos helmántikos bajaron desalentados de la muralla y todos los Cabritos los imitaron menos Tancino, que seguía estudiando inquieto los movimientos de las antorchas, buscando puntos débiles por donde romper la línea y escapar. Al llegar a la plaza encontraron a los vecinos hablando en numerosas conversaciones en las que se respiraba temor y una expectación preocupada. Se calculaba que había seis guerreros enemigos por cada defensor, sin contar los elefantes. Olinco se sentó en la entrada de la casa comunal, apoyado contra la pared, y cerró los ojos para dejar que su cuerpo descansara un poco. Pronto necesitaría dar lo mejor de sí.

Cuando la luna se hallaba en su cenit se agruparon alrededor de la morera. Los cánticos sagrados envolvieron el tronco centenario, iluminado por bamboleantes farolillos de colores, mientras el druida sacrificaba cabras y ovejas. Clamó a Helman y a Ataecina, a Vaélico, a Tutatis y a Lug para que les concedieran la victoria mientras la sangre se derramaba en las oquedades de la roca, deslizándose brillante y densa de una a otra. El druida hizo un gesto y algunos guerreros locales subieron a las concavidades donde el líquido rojo se acumulaba para bañar sus pies en la sangre aún tibia y adquirir así el valor que los dioses les concedieran. Después se montaron unas fogatas en la plaza para asar los animales sacrificados. Grandes mesas y bancos alargados ocuparon toda la plaza y se formó una gran algarabía a medida que el olor de la carne asada se expandía por la ciudad. Algunos, quizá todos los que allí estaban, morirían mañana. La ciudad había tenido tiempo de proveerse de más que suficientes viandas, de modo que se tomó como una gran celebración y quizá una despedida de la vida. Los Cabritos pudieron saborear jabalí y ciervo, carne de caza para los amigos lunares. Tancino apenas podía comer. Pensaba que hacer un festín al inicio de un cerco era una locura y un desafío a los dioses que solo podía traer mala suerte. El Grajo se reía a su lado.

—¡No te lamentes y saborea! Con lo cenizo que eres, será tu última cena.

Olinco vio a la Voz del Vado de los helmántikos atusándose y enroscando las puntas de su enorme bigote mientras un menudo hombrecillo le hablaba con vehemencia, y se acercó a saludarlo.

—Ha sido un desastre. En el vado ha muerto una veintena de jóvenes de la ciudad, sin contar con otro tanto de voluntarios de otras partes. Esos elefantes son invencibles —le dijo Zoane.

—No te preocupes, los elefantes son imposibles de frenar en terreno abierto, pero no tienen mucho que hacer contra vuestras defensas.

—¡Eso es! ¡Morirán todos bajo nuestras murallas! —exclamó el acompañante.

Olinco fijó en él su mirada y se dio cuenta, asombrado, de que era una chica. Vestía pantalones en vez de las largas faldas y llevaba una espada al cinto, sus grandes ojos color avellana centelleaban furiosos. Mientras hablaba de vencer al enemigo la rabia hacía aparecer dulces arrugas en su semblante femenino. Ella lo miraba a veces como pidiendo su apoyo, pero Olinco se había quedado sin palabras por su increíble belleza.

—Calla, hija. Nuestras vidas son más importantes. Hay que ser prudentes.

Era su hija. Claro.

—¿Piensas apoyar la rendición? —dijo, llena de rabia, para luego dejarlos, sin despedirse, a grandes zancadas, indignadísima.

—Perdónala, tiene mucho carácter.

—Sí que lo parece —dijo Olinco mirando su cuerpo con disimulo mientras se perdía entre el gentío.

Cuando los grupos de vecinos se retiraron, bien avanzada la noche, Olinco entró en la casa comunal.

—¿Dónde está Tancino? —preguntó al Grajo, que cabeceaba de sueño.

—No sé, debe de estar mirando desde la muralla todavía —respondió con voz tomada por el vino.

Olinco se echó a dormir. Poco después llegó Tancino y se arrodilló en su lecho.

—Escucha, Olinco, creo que están tramando algo. Las luces no paran de moverse aquí y allá y en el río se agrupan más que en el campamento de Aníbal.

—No hay nada que podamos hacer, calma tu mente y descansa. Es posible que mañana debamos combatir por nuestras vidas.

Al día siguiente despertaron consternados: Tancino tenía razón. Las tropas invasoras habían pasado la noche cortando troncos del bosque de ribera y arrastrándolos con sus caballos y empezaban a alzar aquí y allá una empalizada. Casi tenían terminado el foso alrededor de las dos colinas del castro. Aníbal no parecía dispuesto a lanzar un ataque directo. Algunos decían que era mejor así, ya que en los almacenes había comida para resistir tres meses, pero no había suficientes guerreros y las tropas de Aníbal, vistas en llano y con terreno despejado, se percibían en su verdadero número y poder. Los elefantes, que todo el mundo quería contemplar entre la curiosidad y el temor, estaban agrupados dentro del recinto al norte del castro, y sus extraños y estremecedores barridos llegaban a veces hasta ellos llevados por el viento.

Inesperadamente, corrió la voz de alarma. Un grupo de jinetes provenientes del campamento cartaginés se acercaba a la puerta norte de la ciudad enarbolando una bandera blanca. El líder de los emisarios vestía ropas iberas, una armadura deslumbrante y un casco emplumado que le daba un aire importante o ridículo, según quien lo mirara. De su cintura colgaba una espada curva con vaina de oro y plata de bonitos dibujos que despertó admiración en Tancino y el Grajo. Pero fue el intérprete quien dejó mudo a todos. Estaba rodeado de soldados de ricos y coloridos ropajes, pero él vestía como un vetón con capa de pelo de caballo, botas de cuero repujado y bigote de puntas alzadas.

—Yo conozco a ese gusano —masculló el Grajo con voz ronca y los ojos empequeñecidos de odio.

Vieron que el general susurró algo al vetón, y este gritó:

—¡Ah los del castro!

Uno de los sabios ancianos, la Voz de la Pezuña, se asomó.

—¿Qué queréis?

El general ibero habló al intérprete y en su boca Olinco percibió un destello dorado. ¡Tenía dientes de oro!

—Os traduzco las palabras de Majal, que aquí me acompaña. Os habla en nombre de Aníbal, Rayo en la tierra del dios Baal, cuyo deseo es orden para todo lo vivo, dueño de las aves y los peces y de lo que corre y se arrastra... —vociferó el traidor vetón.

—¡Vete a cagar! —bramó una voz femenina desde las murallas, y todos rompieron en carcajadas, pero la cara del enviado no se inmutó.

—¡Tradúcelo! ¡Anda! —le gritaron con chanza hasta que el anciano los hizo callar a todos con un gesto perentorio.

—¿Y qué quiere tu amo, aquel que no espera permiso para cruzar nuestro vado, aquel que rompe todas las normas de la hospitalidad y el respeto?

Tras la traducción en las dos direcciones, el intérprete gritó:

—Mi señor Aníbal no tiene que pedir permiso a nadie en las tierras del dios Baal, al que representa. Os pide que le sean entregados trescientos talentos de plata y que trescientos varones, jóvenes y sanos, se unan a nuestro ejército. A cambio, la ciudad de Helmántika recibirá la protección y amistad de Cartago.

Las carcajadas resonaron otra vez y muchos empezaron a increparlos. El caballo de Majal cabrioleó asustado. De repente, la voz del Grajo resonó por encima de todas las demás.

—Oye, tú. ¿No eres Banón de Lacimurga? ¿No te da vergüenza andar con esta gentuza?

Por primera vez la cara impasible del intérprete rompió su máscara y una sombra cruzó por ella un segundo antes de recomponerse.

—¡No disimules, que sé quién eres, vendido, traidor! ¡La vergüenza de tu pueblo! ¡Te vamos a cortar los huevos y dárselos a los cerdos!

Banón susurró algo al oído del general y el ibero lanzó una última mirada cargada de odio altivo e hizo girar a su caballo. El grupo se alejó a paso lento; detrás, los insultos se habían convertido en un griterío ininteligible. Pero cuando se alejaron lo suficiente como para que no los pudieran oír, los gritos se transformaron en susurros de admiración sobre los ropajes y las armas de los cartagineses. Verdaderamente, eran impresionantes con sus estandartes, sus formaciones cerradas, sus pieles de leones y otros animales desconocidos, sus barbas cuadradas hasta la cintura, sus ropajes multicolores y el aire orgulloso y fiero de sus gestos.

Mientras los habitantes contemplaban desde la muralla la evolución de la empalizada y el foso, un mozo le dijo a Olinco que lo esperaban en la casa de la Voz del Vado. Él partió despidiéndose de sus amigos con cara seria, pero preguntándose si vería el dulce rostro de la hija de nuevo. *Por fortuna, el mensajero lo acompañó hasta allí: no hubiera sabido distinguir la casa de entre todas las demás.*

Al entrar en el caldeado hogar se sentó alrededor de una mesa hecha con un tocón de alcornoque, tallada en forma de garra, donde se habían reunido las Cuatro Voces y un grupo de korionos de las bandas extranjeras que habían quedado en la ciudad.

—*Aún falta el líder de la Hermandad de Lug* —*dijo el de bigotes*—. *Esperemos.*

Y esperaron en silencio, solo roto por el monótono cavar de una vieja en una de las esquinas de la casa. Finalmente, Olinco no pudo resistir su curiosidad.

—*Oye, Zoane, ¿qué hace?*

—*¿Mi madre? Entierra las joyas de la familia* —*reconoció el de bigotes avergonzado.*

—*Aquí dentro nunca las encontrarán.* —*La señora parecía haberlos escuchado y su voz llegó decidida hasta ellos*—. *Aunque nos maten, jamás se llevarán las joyas de nuestros antepasados.*

—*¡No seas derrotista, madre! Bueno, ¡nosotros a lo nuestro!* —*En ese momento entró aquel al que esperaban y se sentó con ellos*—. *Queremos hacer una salida y destruir su cerco antes de que nos atrapen del todo. ¿Qué os parece, saldréis con nosotros?*

Todos los korionos estuvieron de acuerdo.

—*Pero deberíamos esperar al mediodía* —*propuso Olinco*—. *Ahora estarán atentos, pues saben que estamos viendo sus obras y esperan vernos reaccionar. Más adelante seguirán talando, arrastrando, cavando y levantando troncos durante horas bajo el sol.*

—*Es verdad* —*dijo la Voz de la Espiga*—. *Agotados, bajarán la guardia y cuando paren a comer, atacaremos.*

—*¡Pero entonces no podremos cazarlos! Es mejor cuando vuelvan* *a trabajar. En ese momento hará calor y tendrán el estómago lleno y la mente abotargada* —dijo la korionos de la Hermandad de Vetones Solares.

—*¡Eso es!*

Durante un rato siguieron concretando los planes de la salida, pero Olinco no estaba atento, pues había visto de reojo cómo entraba desde otra habitación la chica brava del de bigotes y se sentaba a escucharlos. Podía adivinar las curvas de sus piernas en la penumbra y el brillo de sus ojos fieros, que parecían iluminar de chispas furiosas toda la sala.

De repente, se dio cuenta de que hablaban de él y volvió a la conversación.

—*Todos los voluntarios extranjeros saldréis por la puerta norte. Los Cabritos deben liderar la salida, ya que son la banda más numerosa.*

No votó a favor, pues eso significaba que dirigiría la salida como korionos de todos. Tendría al menos diez centenares de vidas bajo su responsabilidad, pero no le quedó más remedio y aceptó el honor.

Finalmente, cada korionos partió con los suyos. Olinco informó a los Cabritos, que recibieron la noticia con alegría y excitación.

—*¡Que corra la sangre!* —gritó el Grajo, acompañado por aullidos alegres de guerra.

Pasaron las horas y al fin sonó una cornetilla en el campamento de Aníbal, que se reprodujo en cadena por todo el círculo de asentamientos defensivos que rodeaba la ciudad. Los soldados dejaron de trabajar en el cerco, que ya estaba acabado a medias, y con paso cansado se agruparon detrás de él. En poco tiempo vieron subir al cielo multitud de hilillos de humo. Dentro del castro, el ritmo era frenético. Todos los grupos montaron a caballo y prepararon flechas incendiarias con pegajosa resina de pino. El Grajo ataba a las crines de su caballo la cabeza[37] de un cartaginés que había cercenado en la batalla del vado.

---

37 Pintoresca costumbre de los guerreros celtas.

Tancino había peleado ese día menos arriesgadamente, pero había podido recoger dos, así que le cedió una al Grajo, ya que sabía que Olinco no querría llevar ninguna. Este lo agradeció. Le parecía una costumbre repugnante, pero era algo muy común entre los vetones lunares para amedrentar a los enemigos.

La yegua negra de Olinco bufaba y le costaba estarse quieta, contagiada del ambiente. Le susurró palabras tranquilizadoras y le acarició el cuello hasta que se calmó antes de montarla. Luego notó que el que no podía estar quieto era él y repasó sus armas antes de salir para desviar la mente de lo que iba a suceder. Comprobó que estaba bien seguro el cinto de su objeto más preciado: la espada de su padre, que antes fue de su abuelo. El puñal, bien afilado y atado arriba y abajo a su pierna derecha; la lanza, sujeta con firmeza al costado de su fiel yegua. Acarició con veneración la superficie de lisa madera de roble con el dibujo en vivos colores del escudo de la hermandad, el Cabrito y la luna creciente. Se puso el casco intentando controlar su respiración agitada. Apretó las cintas que sujetaban las grebas alrededor de la espinilla y comprobó el peto de cuero y, sobre él, la cota de espeso lino, también lista para frenar la penetración de las armas del enemigo. Algo más tranquilo, concentró su atención en un pajarillo, un colirrojo que daba saltitos impaciente, como si supiera lo que les iba a suceder y los jaleara. Su respiración empezó a relajarse, los latidos dejaron de golpear tan fuertes su pecho.

—*¡Ya empiezan a volver a trabajar!* —*gritó un vigilante.*

—*¡Por aquí ya están cavando!* —*anunciaron otros.*

—*¡¡Por Helmaaan!!* —*gritó Zoane.*

—*¡¡Por Ataecina!!* —*aulló Olinco alzando la espada.*

Cuando salieron por la puerta norte, los soldados enemigos soltaron picos, palas y carretillas y corrieron aterrados haciendo sonar cuernos de alarma. Al superar el campo de piedras hincadas, los guerreros se abrieron en abanico como había ordenado Olinco y, salvo el campamento de Aníbal, que tenían justo enfrente y cuyas fortificaciones eran imposibles de asaltar, atacaron la empalizada en muchos puntos. Dispararon flechas incendiarias y alancearon a los más rezagados. Atraparon con lazos algunos troncos y la fuerza de las monturas los arrancó con facilidad.

Tancino galopó hacia él gritándole y haciéndole gestos hacia atrás, y Olinco se giró para mirar. ¡La caballería númida salía en tropel del fortín de Aníbal! Cortó del pomo de la silla la cuerda con la que había desencajado uno de los troncos de la empalizada y cogió el cuerno. Sopló toques cortos y rápidos, y los que escucharon emprendieron la huida a la puerta del castro. La galopada fue frenética, ya que la caballería númida no corría a proteger el cerco, sino hacia la puerta del castro también, intentando impedir que pudieran volver a entrar. ¡Habían reaccionado rápido, como si hubieran estado esperando su ataque! La mayor parte de los Cabritos empezaban ahora a retroceder, aunque otros no se habían enterado y seguían destruyendo la empalizada, de modo que cogió el cuerno y sopló con todas sus fuerzas un toque largo. ¡Al ataque! De todas las direcciones, los Cabritos y los demás acudieron al galope tras la caballería númida, que al intentar bloquearles la vuelta al castro se había situado en el centro. Los númidas eran más numerosos, pero estaban rodeados. Se giraron para enfrentarlos y tuvieron que resistir la embestida desde todas direcciones.

Olinco cargó contra un jinete que mientras giraba estaba casi parado y mal dispuesto para el combate y le arrojó su lanza a corta distancia, pero erró el tiro. La punta de hierro hirió al caballo en la parte alta de la cabeza, allí donde nacen las crines y las heridas son mortales. El animal se derrumbó y el guerrero rodó por el suelo. Ordenó a su yegua pisotear al caído con las duras pezuñas y como lo vio inmóvil, no se detuvo a rematarlo, pues la pelea se desplazaba allí donde los númidas huían desordenados. Muchos escaparon hacia el campamento de Aníbal, pero otros murieron alanceados o se vieron empujados hacia las piedras hincadas, donde sus caballos se rompieron las patas y fueron fácilmente cazados.

La infantería cartaginesa salía en tropel a combatirlos, cargados de largas lanzas y pesados escudos de piel de buey, pero Olinco volvió a tocar retirada y todos enfilaron el camino bordeado de piedras hincadas y estacas, de modo que las hordas de espadachines no pudieron alcanzarlos antes de que estuvieran a salvo tras las murallas. A su lado cabalgaba el Grajo, que tenía cara de cansancio extremo. Tancino sonreía con los ojos muy abiertos y con el cuerpo vuelto para observar la evolución de la infantería cartaginesa, que recogía heridos y muertos y volvía a su fortín sin haber podido darles caza.

Entraron sudando caballos y hombres por la Puerta del Embudo, con las armas ensangrentadas y exultantes del éxito, mientras las gentes los vitoreaban desde las almenas. Pero corrieron todos al sur, donde la partida de los helmántikos aún libraba combate. Los tres amigos corrieron también, y al llegar vieron un triste espectáculo: los jinetes volvían desmadejados, heridos muchos, y en pequeño número. Zoane, el korionos, venía enfadado y confuso. Pronto se juntaron todos debajo de la morera sagrada de la plaza.

—¡Nos estaban esperando!

—Sí. Hemos destruido una parte de la empalizada, pero ese Aníbal se ha vuelto a adelantar a nuestros movimientos, ¡es muy listo!

Sin embargo, felicitaron a Olinco por lo bien que había llevado el combate contra la caballería númida. Por ahora, era el único éxito claro contra el ejército invasor.

Por la tarde, las bandas aliadas de fuera hicieron varios ataques, pero no pudieron detener las obras. Al día siguiente el cerco estaba terminado, ya no había escapatoria. Mientras, desde dentro de las murallas de la ciudad de Helman ascendía un ominoso humo negro. Era la pira donde los helmántikos incineraban a los suyos, muertos en combate. Pese a todos los sacrificios, el cerco estaba cerrado.

—¡Olincoo! ¡El osooo!

El grito resonó por todo el valle y rebotó contra las paredes de las montañas haciendo eco.

Perdieron el rastro poco después de empezar la jornada y pasaron toda la mañana intentando encontrarlo. Dolio se había adelantado en la marcha. Olinco le había dado instrucciones de coronar el pico del Frascón y mirar al otro lado y si no veía nada, descender al río. Desde las alturas había observado los bosques de más allá mientras el viento de la cima lo sacudía con fuerza. Concentró su atención durante un buen rato en los árboles para ver si alguno se balanceaba, como le había indicado Olinco, señal segura de que un oso se rascaba contra él, pero no vio nada de eso y el viento de las alturas lo dejó entumecido de frío. Recuperó calor bajando a la carrera. Llegó agotado y exultante a una peña desde la que se observaba una buena extensión del río. ¡Y el oso estaba allí abajo! En el fondo del otro valle el río serpenteaba entre peñascos graníticos que formaban pozas y remolinos rodeado de fresnos, alisos y chopos. Junto a una pequeña playa se veía al oso metido en el agua intentando pescar con su zarpa.

Hizo un hueco con las manos y volvió a gritar con toda su fuerza.

—¡Olincoooo!

El viejo apareció tras un recodo tirando de su caballo. Se hallaba mucho más cerca de lo que pensaba. Le hizo gestos de apremio, pero cuando llegó a su lado no lo dejó hablar.

—¡Gritas como un demonio! Si el oso está cerca, lo has espantado.

—¡Mira! ¡Allí!

Olinco miró donde señalaba y rompió a reír a la vez que recuperaba el resuello.

—¡Pero ese no es nuestro oso!

El chico lo miró desconcertado y algo ofendido, aunque en la risa no había rastro de burla.

—¿Y cómo lo sabes?

—Es una osa. Con sus oseznos, ¿no los ves allí?

Dolio siguió la dirección del dedo del viejo. Le costó distinguirlos porque estaban medio tapados por las ramas de un enebro cercano, pero allí vio dos oseznos persiguiéndose en sus juegos.

—Nuestro oso es mucho más grande. ¿No divisaste nada desde el pico?

—No.

—Habrá bajado al río, buscaremos allí. Venga, vamos —le dijo dándole una fuerte palmada en el hombro.

«¿Mucho más grande?». Dolio miró con aprensión a la enorme osa antes de seguirlo en el descenso. Durante el resto del día buscaron huellas en las arenas de la orilla, río arriba y abajo. El chico estaba agotado. Cuando el sol se ocultó tras la cresta de las montañas, Olinco se detuvo por fin, desalentado.

—Pues no sé. Si no ha venido aquí ha debido de subir a hibernar. Escogí mal y el rastro se difumina entre la roca limpia, allí arriba no hay apenas vegetación. Además, nunca había subido tan arriba, no conozco Gredos. Ya no daremos con él. Dormiremos aquí y mañana volveremos.

Dolio se sentía contento, tranquilo al fin. ¡Se había acabado la aventura! Buscó leña con ánimo, como si no estuviera cansado de todo el día. El miedo se había esfumado y sentía incluso algo de decepción por no haber visto al oso. Habían hecho todo lo que habían podido, se dijo alegre. No volvieron a hablar hasta que las primeras llamas bailaron entre los troncos.

—Si no ha venido aquí, quizá haya sorteado el pico del Frascón por la izquierda. Pero allí no viste nada, ¿verdad?

—Nada, solo un bosquecillo de madroños y después nada, solo nieve y piedra —contestó Dolio, alegre.

Olinco dejó de comer y lo miró con ojos resplandecientes.

—¿Madroños? ¿Y cómo no me lo habías dicho antes?

—Yo, no se… —balbuceó desconcertado.

—¡Vámonos! —dijo alzándose de golpe—. Recoge todo, cuanto más avancemos mejor.

—¡Pero está haciéndose de noche! —suplicó mirando con desesperación cómo las llamas se apagaban a cada patada de arena que lanzaban los pies de Olinco.

—¡Avanzaremos lo que podamos! Es nuestra última oportunidad. ¿Es que no sabes que los osos aman los madroños? Casi tanto como la miel. ¡Vamos, vamos!

Recogió con resignación los bártulos apremiado por su compañero y retomaron el camino. No pudieron llegar hasta la cima y tuvieron que hacer fuego a media ladera. Pronto estuvieron cenando, rodeados de la oscuridad más absoluta. Dolio intentó espantar sus miedos.

—¡Cambia esa cara! —le dijo Olinco, que parecía muy feliz—. ¿Quieres que siga la historia?

El chico levantó la mirada, triste.

—Me contabas que Aníbal reconstruyó el cerco.

El viejo asintió con vehemencia.

—Lo terminó, y ya no pudimos recibir noticias de los de fuera. Ni agua, ni alimentos ni leña. Era cuestión de tiempo. Así que convocaron a una asamblea de ciudadanos.

—¿Y era mucha gente?

—En ese momento la ciudad era increíblemente bulliciosa. Los habitantes de los barrios extramuros habían entrado en el castro, aunque también algunas familias habían huido antes de la llegada del ejército enemigo. Tu padre, siempre amante de las cifras, aseguraba que vivían más de cincuenta veces cien personas. En la asamblea se reunieron los representantes de cada clan familiar, en su mayoría hombres, y te puedo asegurar que eran quizá diez veces cien, todos apiñados en la plaza central. Fue una asamblea impresionante[38].

—¡Era un poblado gigante!

—¡Claro! Una gran ciudad, aunque ahora es la sombra de lo que fue. Ya verás cuando vayamos al homenaje.

Dolio se preguntó, sombrío, si sobrevivirían al gran oso, pero no dijo nada.

—Se reunieron todos en la plaza del castro, asustados ante el inmenso ejército que los amenazaba. Y yo, como korionos del mayor grupo aliado, fui invitado a asistir.

La plaza central estaba abarrotada de gente hablando en corros. Un anciano encorvado, la Voz de la Pezuña, se puso de pie y se dirigió a todos a voces. Poco a poco, otros repitieron su llamado al silencio.

—¡Vecinos! Ya habéis visto que el ejército cartaginés es más fuerte y

---

38 La organización política más probable es la asamblea de cabezas de familia. Las únicas jefaturas serían de carácter militar, temporales y electivas: los korionos.

numeroso de lo que habíamos previsto y cómo sus soldados se mueven como un solo hombre, obedeciendo a ese mozalbete de gran inteligencia y maldad. No solo no hemos podido detenerlos en el vado, sino que nos han cercado y no podemos entrar ni salir. Quizá deberíamos rendirnos antes de que su furia nos desbarate en un torbellino de muerte y desgracia.

—Tenemos comida para tres meses; yo propongo esperar. Desde fuera, nuestros aliados se organizarán y lo acosarán hasta que tenga que huir —repuso alguien.

—¿Y qué te hace pensar que se activarán los acuerdos de defensa? —alegó otro—. Nuestra riqueza desata envidias y cada pueblo piensa en lo suyo. Solo las hermandades de guerreros, al estar presentes en muchas poblaciones, tienen un sentido comunitario más allá del poblado. —Inclinó la cabeza hacia Olinco, que respondió con otro gesto de agradecimiento—. Hasta ahora, lo que nos demuestran los hechos es que ante un enemigo real y temible nadie responde de las alianzas. Las palabras de fraternidad eran inútiles halagos y vanidades protocolarias.

—¡Debemos luchar a muerte! —dijo un joven guerrero—. Hemos matado a sus hombres y no nos dejará tranquilos así como así. Recordad cómo destruyó la ciudad de los olcades y esclavizó a los de Turgalio. ¡Lucharemos a muerte! Y así demostraremos cómo se debe resistir. Si todos hicieran esto, venceríamos.

—Bueno, yo creo que Aníbal es más prudente de lo que parece. Es un gran general, no hace más que demostrarlo. Debemos intentar pactar con él. Y engañarlo —repuso la anciana Voz de la Espiga.

—¿Cómo? —preguntaron varias voces.

—Le decimos que nos hemos dado cuenta de su poder, pero que no podemos permitir que viole nuestro derecho sobre el vado —explicó—. Si se retira a la otra orilla y espera nuestro permiso, como ha hecho todo el mundo desde tiempos inmemoriales, accederemos a dejarle pasar. Si demuestra respeto, nosotros le daremos esos trescientos talentos de plata y los trescientos jóvenes para su leva.

—¡Pero eso sería rendirse! —gritó un guerrero, indignado.

—Solo que no lo haremos. Cuando hayan abandonado el cerco y cruzado al sur del Salmatia, nosotros saldremos en la noche y huiremos hacia el norte. Al día siguiente no tendrán ni plata ni jóvenes ¡y nosotros estaremos a salvo entre los vaceos!

Grandes exclamaciones surgieron entre el gentío. Tras mucho deliberar se aceptó la idea, y se escogió a un emisario para rendirse a Aníbal con esas condiciones. Después, empezaron a discutir sobre cuánto debían llevarse; unos querían huir con todas sus posesiones y otros aconsejaban, prudentemente, huir con lo que se pudiera cargar en montura, sin carros ni nada que ralentizase. Finalmente debatieron si escoger otro korionos y Voz del Vado, ya que Zoane de largos bigotes había sufrido dos derrotas. Olinco sabía que no había sido por la inutilidad del korionos, sino por la inteligencia sobrenatural del joven Aníbal, y así lo dijo. Escucharon sus palabras con atención, pues se había ganado el respeto de los guerreros por sus éxitos repetidos contra los enemigos, y se acordó que Zoane continuara en su cargo. El bigotudo le agradeció sus palabras con un gesto, pero él percibió que su orgullo estaba herido por haber sido cuestionado en público y se preguntó si había hecho bien en defenderlo.

El debate se eternizaba y Olinco se alejó disimuladamente. Él era más partidario de aguantar tras los muros y esperar que vetones y vaceos acudieran a auxiliarlos. ¿Podrían engañar al inteligente Aníbal? ¿Se activarían los acuerdos de defensa? Lo ideal sería que no solo vetones y vaceos, sino toda la Celtiberia se uniera para derrotar a los invasores para siempre. ¿Pero cómo unir a culturas, tribus y clanes tan diferentes y distanciados? Sentía una inquietud incontenible que aumentaría en el silencio de la casa comunal donde los Cabritos dormitaban, de modo que paseó sin rumbo por las calles del castro dando grandes zancadas para calmar su espíritu. Cuando pasó junto a la cerca del ganado, la vio, y todas las preocupaciones que lo asaltaban desaparecieron ante su imagen.

La hija de Zoane estaba tendida sobre una roca de granito y su larga trenza caía por la roca hasta casi llegar al suelo. Con las manos bajo la cabeza, miraba al cielo estrellado. Olinco se sintió sobrecogido por su belleza y se acercó a ella con la timidez de quien entra en un santuario rompiendo el silencio con sus pisadas. La saludó y ella se sentó en la roca.

—*Vaya, tenía ganas de conocerte, Olinco de Everóbriga, korionos de la Hermandad de Cabritos. Te has hecho famoso en poco tiempo aquí.*

—*A mi pesar. Y tú eres la hija de Zoane…*

—*Me llaman Astere.*

Estuvo a punto de reconocer que también se había fijado en ella, pero se contuvo. Se dio cuenta, asombrado, de que esa chica de mirada segura y belleza turbadora lo paralizaba de alguna manera que no podía entender.

—*¿No tienes frío?* —*le preguntó señalando sus menudos pies descalzos.*

—*Me gusta sentir la hierba en los pies. ¿Y tú siempre llevas la espada, guerrero?*

Él se encogió de hombros.

—*Sí. Pero yo no soy un guerrero.*

—*Vaya* —*rio ella mirándole con intensidad*—, *pues en el ataque a la empalizada sí lo parecías.*

—*¡Qué va! Ni a mí ni a la mayoría de los Cabritos nos gusta hacer la guerra. Tancino siempre ha pastoreado cabras, como su padre. Y el Grajo, en su tiempo libre, es alfarero.*

—*¿Y tú?*

—*¿Tú qué crees?*

—*Tienes unas manos recias* —*dijo ella tocando sus callos*—. *¿Y esto?*

Su dedo recorría despacio la marca que dejaba el cincel en la mano al golpearlo contra el granito.

—Es una buena pista para descubrirlo. —Más que enigmático, su tono surgió nervioso y rápido mientras el dedo seguía surcando la palma.

Una idea súbita hizo que ella abriera los ojos y sonriera, marcando unos deliciosos hoyuelos junto a los labios.

—¿Eres herrero?

Olinco negó levemente sin separar sus ojos de los suyos, muy cerca.

—Esculpo verracos. Pero tú sí eres una guerrera.

—Sí lo soy. —El brillo de la luna arrancó destellos de sus ojos.

—Incluso ahora llevas ropa de guerra —dijo acariciando las crines de caballo de sus hombros, aunque sus manos querían acariciarla a ella.

—La mujer que elige ser guerrera debe vestir y pensar como un guerrero. Y al revés. ¿Nunca has pensado cómo te quedaría una falda?

—Te burlas de mí.

Ella rompió a reír y durante un rato hablaron de sus sueños y de sus vidas. Sin saber cómo, se cogieron de la mano mientras se hablaban mirándose muy cerca a los ojos. Cuando se quiso dar cuenta, la gente pasaba de vuelta a sus casas en animadas conversaciones.

—Parece que se ha acabado la asamblea —dijo Olinco sin ánimos de irse a dormir.

—Ven, te quiero presentar a alguien. —Se calzó las sandalias con gestos rápidos y tiró de su mano.

Anduvieron por un par de callejones oscuros, esquivaron a un grupo escondidos en la sombra como dos chiquillos, subieron unas escaleras hasta un patio y desde allí ella le mostró, con un gesto triunfante, un pequeño jardín iluminado por la luna. Las sombras de los árboles ro-

deaban un espacio vacío en el que el rielar del astro indicaba que había agua. *Bajaron unos peldaños de madera hasta el pequeño vergel, y allí pudo ver que el agua estaba contenida en un estanque circular en el que flotaba un cuenco con una vela. Las aguas oscuras reflejaban la llama amarilla, que se mezclaba con el blanco lunar en ondas prodigiosamente bellas. Solo se oía el lejano ladrido de un perro; por lo demás, el silencio era absoluto bajo las sombras de los árboles.*

—*Este es el estanque de la luna* —susurró ella.

Olinco no respondió, pues se había dado cuenta de que no estaban solos. Un individuo alto y delgado los contemplaba desde el otro extremo del estanque, en silencio. Vestía una túnica oscura y su silueta, salvo los ojos, que estaban fijos en él y brillaban con intensidad, era una sombra.

—*No temas, es Íleo, es un estrabo*[39].

«Y la Voz de la Piedra», pensó Olinco al recordarlo.

—*Este es su santuario y su hogar. Es un lugar mágico.*

—*Aquí los dioses hablan en las ondas y desde las tinieblas* —dijo el adivino con voz ronca señalando la laguna.

Detrás del extraño individuo divisó la negra entrada a una cueva, un cántaro, un carretillo y otros objetos que indicaban que este era su hogar, pero no lo invitaron a entrar y lo agradeció, todo aquello le producía escalofríos. La chica y el estrabo se sentaron frente al estanque cruzando las piernas y él los acompañó, aunque con el corazón inquieto y precavido.

En las manos del extraño hombre aparecieron tres tabas[40] *pintadas con extraños signos y Olinco hizo amago de levantarse. Astere lo agarró de la muñeca.*

---

39 En la cultura celta, un adivino.

40 Existen numerosas representaciones artísticas que prueban que la astragalomancia, o la adivinación mediante el azaroso orden de los huesos astrágalos al caer, se practica al menos desde la antigua Grecia y Roma.

—No temas, no las hará rodar si no lo deseas.

Él se sentó otra vez, avergonzado de haber mostrado su miedo.

—¿No quieres saber qué sucederá? —preguntó con voz misteriosa el adivino.

—Desearía, si sirviera de algo, que Aníbal muriera y los bandidos que lo siguen se separaran en todas direcciones o murieran también sin dolor.

—Yo no puedo cumplir deseos, solo intentar adivinar el camino que los dioses nos preparan. Esta noche es especial, creo que Helman y Lug se expresarán con más claridad. ¿Quieres ayudarme?

Olinco hizo un gesto afirmativo, temeroso de que su voz delatara su miedo. Íleo le pidió que pusiera la mano sobre la que contenía las tabas y en cuanto las rozó, el estrabo las arrojó al agua. Olinco observó sobrecogido que lo que parecía un estanque solo tenía una fina capa de agua que salpicó en todas direcciones. Las tabas rodaron en un siniestro gorjeo de huesos hasta detenerse mientras la negra superficie, antes totalmente quieta, se crispaba reflejando la luz de la vela y de la luna en sus ondas. El adivino observó la posición de las runas de las tabas y las ondas destelleantes de las aguas, que rebotaban en los bordes de piedra y se cruzaban unas con otras. Contempló todo desde diferentes ángulos hasta que la superficie se aquietó. Luego recogió las tabas y las guardó cuidadosamente en una bolsa de cuero.

—Estamos en un punto decisivo, una bifurcación en nuestra senda. Hace meses que los signos son confusos y las tabas se contradicen. Creo que ni siquiera los dioses saben qué sucederá con nosotros. Pero hay un camino más probable y es el que aparece ahora, esta noche, marcado con claridad.

—No sé si quiere saber más —dijo ella mirándolo de reojo.

—¿Cuál es el camino más probable? —preguntó Olinco.

—He de decirte, muy a mi pesar, que la mayor parte de las señales *indican la derrota. Y con ella llegará el nuevo mundo que traen Cartago y Roma, el mundo de los korionos permanentes y sus fichas de oro y plata con las que todo puede ser comprado. El dinero se apodera del alma de las cosas y las convierte en mercancía. Una mujer bella se convierte en prostituta, un hombre fuerte en esclavo, una tierra fértil en propiedad cercada, un pueblo feliz y próspero en un motivo para la guerra y el saqueo. Unos pocos, los opulentos, acumularán las fichas y el poder mientras los demás humanos, los seres vivos, los bosques y hasta las piedras serán sometidos a sus deseos, transformados o muertos. Se impondrán dioses guerreros que exigirán sacrificios y dolor, y los espíritus de los ríos y los bosques se esconderán en los rincones más recónditos hasta que no tengan dónde escapar.*

—Pero existe alguna posibilidad de que venzamos, ¿verdad? —susurró Astere.

—Sí y no. —«Esa es una respuesta de estrabo», pensó Olinco con sorna—. Como esperaba, aquí se ha realizado una profecía diferente, la que ha brotado de los dedos de tu amigo. He podido ver muy lejos en el tiempo, muy lejos. En realidad, la victoria es inevitable. Llegará dentro de muchas generaciones. Cuando las monedas y sus korionos permanentes hayan devorado los bosques y las montañas y esquilmado los campos, cuando los peces de los ríos y mares desaparezcan convertidos en fichas y hasta el aire sea comprado y vendido, cuando todo haya muerto, los korionos permanentes desaparecerán también, pues no tendrán de qué alimentarse.

—¿Pero existe alguna posibilidad de que venzamos ahora a Aníbal? —preguntó Olinco.

—El futuro de los mortales no está solo en manos de los dioses, aunque su voluntad sea fuerte. A veces he visto cómo lo que reflejaban las tabas era trastocado por un impulso muy intenso en los humanos. Se puede cambiar el destino por la determinación de muchos, o quizá de uno o unos pocos, si están absolutamente poseídos por el amor o por la

ira… Ojalá el amor de Ataecina y el poder de Lug te ayuden, Olinco de Everóbriga. Quizá ellos puedan desviarnos del inexorable destino que ya golpea con impaciencia los portones de Helmántika. Aunque sea por un tiempo, al menos.

Olinco miró con aprensión la bolsita de las tabas, sin decir nada, sin querer creer lo que estaba escuchando. ¡Al fin y al cabo, podían equivocarse!

—Vamos a dormir, mañana será un día decisivo —dijo ella levantándose bruscamente.

Él creyó ver en sus ojos un breve destello rencoroso hacia Íleo, que se sumergió en las sombras del patio sin decir adiós.

—Si te digo la verdad, se me hace más natural quedarme contigo que irme a la casa comunal a dormir.

Ella sonrió.

—Ven. —Lo agarró de la mano.

Tiró de él hacia la cueva. Se dejó llevar con miedo a que una palabra de más estropeara el momento. Rodeados de total oscuridad, ella se agachó sobre unas pieles, y él la siguió dócilmente, buscando sus labios. Se quitaron la ropa el uno al otro con impaciencia, sus cuerpos buscaron fusionarse con frenesí. Cuando salieron, sus ojos, acostumbrados a la oscuridad total, percibieron la primera luz del alba hacia el este.

Desanduvieron el camino subiendo los peldaños, y en el callejón Astere le indicó un rumbo.

—Sigue recto y gira a la izquierda, verás la plaza y la casa comunal –dijo con cierta frialdad. Después de todo lo que había pasado, Olinco se sintió súbitamente incómodo. Estuvo a punto de besarla y decirle que la amaba, que era lo más bonito que le había pasado jamás, que en esos momentos solo sentía el deseo de protegerla del peligro que los acechaba, pero tras dudar un segundo frente al rostro inescrutable de Astere, se dio la vuelta y anduvo, y a cada paso se sintió más estúpido.

—No me atreví —murmuró el viejo arrojando una ramita a la hoguera.

Dolio lo miró desconcertado. Un segundo antes estaba hablándole de la asamblea nocturna y del plan de engañar a los cartagineses. Como le había sucedido ayer, Olinco a veces se volvía distraído, sus palabras estaban mal hiladas, como si sus ojos no lo vieran a él, sino que reviviera escenas del pasado que, como un velo, hicieran que su mente estuviera lejos. En esos momentos, en vez de desear como en otras ocasiones que se decidiera a recordar sus aventuras, quería lo contrario, que no se sumergiera tan profundo en los recuerdos, pues las palabras brotaban confusas y las frases no parecían guardar una conexión clara unas con otras.

—¿Aceptó Aníbal la propuesta?

—Sí, aceptó. —Elevó lentamente la mirada con ojos tristes, como si volviera poco a poco de otro tiempo—. Aunque tardó su tiempo en empezar a retirar su ejército. Vimos como todos se iban por un lado y otro y cruzaban el Salmatia a la orilla sur. Tardaron casi todo el día. Y la empalizada no la destruyeron, sino que sacaron los troncos sin cortarlos y los tumbaron sobre el foso, de modo que pudieran reconstruirla si hiciera falta, detalle que nadie pasó por alto. Les prometimos que al día siguiente enviaríamos a trescientos jóvenes para que formaran parte de su leva y, con ellos, los trescientos talentos de plata prometidos, y cuando la noche cubrió todo de oscuridad empezamos a salir.

Una cuerda estaba atada en el pesado portón de la puerta norte. Sacudida por leves temblores, rozaba con las piedras del embudo que formaba la muralla para después perderse suspendida en la oscuridad. Quienes salían se agarraban a ella para seguir el camino de los que les precedían. Dentro, poco a poco, familia tras familia, clan tras clan, se agrupaban en un caos nervioso y expectante. Las Cuatro Voces y los guerreros ayudaban a los ancianos y apremiaban a todos, temiendo que si no se daban prisa se les haría de día antes de que terminaran de huir. Olinco y los Cabritos salieron casi los primeros con los caballos de las riendas y toda la indumentaria encima. Avanzaron en un grupo compacto en un lateral de la columna, siempre teniendo a la vista la cuerda guía. Se detuvieron a cierta distancia de la puerta, preparados para actuar en caso de problemas, mientras no muy lejos pasaba la soga y agarrada a ella, un flujo constante de gente y de susurros atemorizados.

De repente se oyó un alarido terrorífico delante y pronto otros gritos de pavor surgieron no muy lejos, en la oscuridad.

—¡Montad! —ordenó, y todos obedecieron para quedarse después muy quietos.

Un punto de luz se encendió delante de ellos y Olinco sintió que debía actuar, pero no sabía qué estaba sucediendo y solo agudizó los sentidos. Como una larga línea, se encendieron antorchas a lo largo de todo el foso, que se hallaba a la misma distancia que las murallas en dirección opuesta. Los primeros de la columna, sin duda, habían llegado a él y no estaba abandonado. Apartando los troncos, numerosas tropas de infantería surgieron del suelo e hicieron sonar sus trompetas, y hasta ellos llegaron los primeros ruidos de lucha. Olinco, confuso, no se decidía a actuar. Debía atacar a los soldados para proteger a las familias que volvían al castro, pero si ordenaba cargar, los Cabritos embestirían a los que escapaban. ¡Tenía que esperar a que pasaran!

En la oscuridad todo era confusión y gritos, que, por ser muchos, no sabía si provenían de delante o de atrás. «Hay que mantener la calma, el enemigo viene del foso y solo puede estar enfrente. Esperaremos a que venga y lo contendremos». Cerca de ellos, algunos hombres se sobrepusieron al miedo y formaron una línea apretada para recibir a los soldados protegiendo a sus familias, mientras estas huían a la ciudad entre gritos, caídas y pánico.

—¡Preparaos para cargar! —gritó Olinco.

Vio cómo los primeros soldados cartagineses atacaban dando alaridos a los hombres helmánticos. Ordenó a los Cabritos cargar hacia el enemigo, aunque apenas tenían espacio para hacer una arrancada antes del encuentro. El pánico desapareció y solo quedó un extraño silencio. Todo a su alrededor se movía más lento, los sentidos se le agudizaban. Unos ojos tras un yelmo lo miraban y la punta de una lanza lo esperaba orientándose hacia él. Cuando su yegua se abalanzó sobre el lancero, intentó interponer el escudo, pero no pudo desviarla con su rodela. La punta de hierro afilado pasó sobre su cabeza, rozó el casco y se lo hizo volar. Olinco notó el dolor en el lado contrario, allí donde este le arañó el rostro antes de salir volando, pero solo pensaba en descargar un buen golpe con su espada. Se agachó en la silla y golpeó al cartaginés en un hombro, de arriba abajo. El golpe lo recibió casi en el cuello y la cota de cuero apenas frenó la espada, que tajó cuero y carne y salió con la misma facilidad, empapada de sangre. Olinco no se giró; su yegua negra aún tenía impulso y sabía que el enemigo al que dejaba atrás estaba mortalmente herido. Vio cómo a su derecha Tancino se batía con fiereza a espadazos con un soldado a pie y, a su izquierda, el Grajo era acosado por dos lanceros al mismo tiempo. Azuzó a su yegua para que embistiera al espadachín que combatía con Tancino. El animal empujó al enemigo desde un lateral y lo derribó, mientras Tancino intentaba volverse para combatir con tanto ímpetu que provocó que su caballo, asustado, cabrioleara sobre dos patas. Olinco se giró justo a tiempo para enfrentar a un enemigo que lo intentaba ensartar con su *espada. Se golpearon con furia y sus armas chocaron saltando chispas o fueron detenidas por los escudos. La rodela de Olinco se agrietaba y parecía a punto de quebrarse a cada ataque del enemigo. Gracias a Ataecina, quebró el parapeto de piel de buey del enemigo descargando desde arriba y abriéndolo por la mitad por una veta de la madera. El cartaginés dio un alarido atroz y tiró con toda su fuerza, pues era su brazo, bien amarrado al pesado escudo, el que había detenido el hierro. Olinco intentó recoger la espada, pero había quedado aprisionada en la madera y el enemigo braceaba enloquecido, aullando de dolor y miedo.*

Olinco soltó la espada, sintiéndose desprotegido. Con un breve gesto muchas veces ensayado, ordenó a la yegua dar la vuelta y retroceder y miró a los lados para no ser sorprendido. Sus compañeros se habían alejado y estaba rodeado de enemigos, así que se tumbó sobre su lomo e hincó espuelas. Galopó sorteando enemigos que lo habían adelantado mientras tocaba el cuerno mandando retirada. «¡He perdido la espada de mis antepasados!», pensó en cuanto se sintió a salvo entre los suyos. Desprendió la rodela deshecha cortando las correas con su puñal. Por suerte, había podido parar todos los espadazos, pero aun así sintió un dolor intenso en el brazo. A lo lejos vio al Grajo casi caído sobre un lado de su caballo. Galopó hacia él y le cogió las riendas. Al pasar dejaba un reguero de sangre, y deseó con todas sus fuerzas que fuera del caballo. Tiró de él mientras, a su lado, otros hombres los protegían y todos retrocedían acosados por los soldados cartagineses.

Empujándose unos a otros, procurando no entrar en la zona de piedras hincadas, intentaban refugiarse tras la puerta del embudo. Detrás se escuchaban cada vez más cerca los gritos de la lucha. Finalmente pasaron y tras ellos se cerraron los portones, mientras los soldados cartagineses se protegían bajo sus escudos de la lluvia de flechas y piedras y se alejaban de la muralla.

Miró al fin el cuerpo del Grajo. Había recibido un lanzazo en el pecho y aún tenía el palo astillado clavado en él, pero no le había

salido por la espalda. No había caído al suelo porque tenía los pies
atrapados en los estribos. Se extrañó de no sentir nada, absolutamente
nada al ver a su amigo de la infancia muerto. Los Cabritos se habían
llevado lo peor de la escaramuza. Cuando levantó la vista encontró el
rostro de Astere iluminado por la luz de las antorchas. Había bajado
de la muralla, desde donde había disparado flechas; un arco colgaba
de su hombro y un carcaj golpeaba sus caderas al andar. Sus manos
empezaron a moverle la capa y a tocarle aquí y allá. Olinco, bloqueado
aún por el combate, no entendía nada. Cuando comprendió que estaba
comprobando que la sangre que tenía encima no era suya y que no tenía
heridas, levantó la vista con una sonrisa agradecida, pero ella lo miró
a los ojos furtivamente y huyó con la ligereza de un cervatillo entre la
gente. No se habían dicho una palabra.

Cuando llegaron a tiro de flecha de los madroños lo vieron. Era un macho enorme, más grande que un uro y mucho más peligroso, aunque ahora parecía bastante pacífico.
Agarraba las ramas, las pasaba por su hocico y las retiraba,
de manera que todas las bayas del madroño acababan en su
boca. Dolio se agachó tras un matorral, pero Olinco le hizo
un gesto.

—Tranquilo, no nos ve ni nos huele, tenemos el viento de
frente. Es muy grande. —La voz sonó preocupada, y Dolio
se contagió del temor.

Durante un buen rato lo vieron zampar con parsimonia.
Luego se dirigió por un prado cubierto de narcisos y con
andar distraído al arroyo que corría no muy lejos.

—Va a beber y quizá a dormir. Mira, esa parte aún no la
ha esquilmado. Estoy seguro de que volverá.

Olinco le quitó la manta a su caballo y Dolio hizo lo mismo con Zambo sin entender lo que ocurría.

—Pásala por la cabeza, así.

El chico se puso la abajera sudada con repugnancia.

Luego ataron las monturas a la encina bajo la que estaban refugiados y descendieron deprisa con las lanzas. Llegaron hasta una vaguada por la que el oso había pasado de camino al arroyo y por la que probablemente volvería, ya que era la ruta más fácil y corta. Se subieron a dos roblecillos para emboscarlo. Dolio trepó con cuidado al árbol que estaba al lado del de Olinco. Observó que tenía apoyadas las lanzas de modo que no se pudieran caer. Era un roble endeble. Pensó que si el oso intentaba alcanzarlo, no tendría demasiados problemas.

—Esta manta apesta, Olinco.

—Así no nos olerá, si huele a humano desconfía. Pasa el brazo así, por entre la rama, y cuando vayas a golpear no lo separes. Podrás ensartarlo sin soltarte del tronco y así no te caerás. Si te ves seguro, vuelca todo tu peso e intenta apuntar a la nuca. Si no pinchas hueso quizá lo puedas matar al instante.

Al principio sentía el corazón desbocado, pero pasó el tiempo y nada sucedía. Tenía los miembros entumecidos por la incómoda posición y arrancaba aburrido las ramitas de su alrededor cuando al fin se acordó y preguntó:

—Bueno, ¿y qué pasó al final? Aníbal os había descubierto. ¡Era muy listo!

—¡Claro que lo era! Fíjate que casi destruye Roma, llegó con sus elefantes a la península itálica y les hizo la guerra durante mucho tiempo en su propio terreno sin ser derrotado nunca. Pero no nos desviemos, te voy a contar el final de nuestra historia, así haremos tiempo.

El joven se lo agradeció. Escuchándolo, no pensaría en su miedo ni en el dolor de piernas y brazos.

—Pues la salida fue un desastre. Se habían salvado la mayor parte de las mujeres y niños, pero murieron muchos guerreros helmántikos, y nosotros nos llevamos la peor parte. Más de cien Cabritos sucumbieron esa noche. Siempre se recordará con orgullo cómo los frenamos, pues salvamos muchas vidas.

—Sí, mi padre me habla a menudo de eso. Es de lo que más orgulloso se siente, aparte de nosotros.

—Yo también lo pienso, pero el día después nadie de entre nosotros pensaba en el honor, solo en recuperar los cuerpos de los caídos en la emboscada. Aníbal no atendía a razones, sus hombres habían rodeado otra vez el castro y alzado la empalizada. Lo veíamos avanzar en su corcel con su armadura de oro, dando órdenes frenético y galopando de aquí para allá seguido de su guardia a caballo. Se lo veía muy enfadado, nada que ver con el hombre tranquilo que inspeccionaba el foso del día anterior. Los cuerpos de nuestros caídos estaban esparcidos por el campo y eran picoteados impunemente por bandadas de urracas, cuervos y grajos. Y nosotros, al amanecer, reunimos leña y acumulamos los pocos cadáveres que habíamos podido llevar con nosotros para darles una honrosa despedida.

Era incapaz de tragar, el nudo en la garganta le dolía como si tuviera atascada una bola de roble. Una docena de cuerpos reposaban sobre la pira, pero Olinco solo pensaba en el Grajo. ¡Cuántas veces habían

jugado de niños! Era alegre, pendenciero a veces, gracioso y un compa-
ñero valiente, fiel hasta la muerte. Ahora, su cuerpo reposaba en paz,
extrañamente quieto, con la flauta entre los dedos y las armas sobre la
cabeza. Parecía dormido. Lo había cubierto con su manta de pelo de
caballo cerrada con el precioso broche de bronce en forma de cuernos
de ciervo.

El druida empezó la ceremonia.

—No sintamos pena por los caídos, sino envidia por haber muerto
combatiendo al enemigo. Gracias a su sacrificio se han salvado muchas
familias de las cuchillas de esos verdugos sin piedad. ¿Quién tendrá
de entre nosotros una muerte tan honrosa? —«Pronto la tendremos
todos», pensó Olinco—. La leyenda de su valor perdurará durante
generaciones, nosotros haremos que así sea. ¡Que los dioses los acojan
en su hogar eterno!

Arrimó la antorcha y las llamas prendieron entre la hojarasca de la
base de la pira.

Una sombra se situó junto a la suya. Olinco se volvió y vio que
Astere estaba a su lado, hombro con hombro.

—Lo siento —susurró.

No quiso hablar; sabía que si lo intentaba rompería a llorar. Las
llamas envolvían a los compañeros y el humo ascendía lóbrego al cielo
azul. Cuando acabó la incineración recogieron los restos entre todos y
fueron a lo alto de la muralla, en la parte norte, donde el viento soplaba
hacia el campamento de Aníbal. Allí sacudieron las urnas y el viento se
llevó las cenizas volando hasta el campo de piedras hincadas.

Tancino puso una mano en el hombro de Olinco.

—Con la mala leche del Grajo, si aquí intenta avanzar un soldado
enemigo tropezará irremediablemente y se abrirá la cabeza.

—No pienso volver a ser vuestro korionos —dijo dirigiéndose a los
Cabritos y a Zoane con una inesperada determinación que surgió de un

lugar tan profundo que le sorprendió. Todos lo miraban en silencio—.
Ha sido un error luchar. El estrabo lo predijo. Ellos han muerto en
vano, Aníbal se saldrá con la suya igualmente y nadie podrá devol-
vernos a los nuestros. —Calló, pues su voz se quebraba por el llanto.

Sacó por su cuello el colgante del cuerno de señales y lo arrojó al
suelo. Jamás dirigiría la vida de otros; así, jamás se volvería a sentir
culpable de la muerte de sus hermanos.

Los demás apartaron la mirada y se alejaron, avergonzados por sus
palabras. Salvo Astere. Lo abrazó y él la estrechó contra su pecho, aho-
gando las lágrimas que acudían a impulsos incontrolables.

—¿Y qué hizo Aníbal? —preguntó Dolio sacándolo de sus
ensoñaciones.

—Los soldados estaban formando al otro lado de la empalizada en escuadrones organizados por estandartes, cuadrados en posiciones muy bien establecidas. Los cartagineses eran unos expertos en el arte de la guerra, muy estrictos
con sus hombres. Era otro estilo, eran guerreros a tiempo
completo, no como nosotros. Eran cobardes, pero carecían
de piedad y poseían la disciplina que da el miedo al castigo de sus jefes. Era impresionante ver a los escuadrones de
infantería de agudas lanzas y parapetos de piel de buey de
orgullosos dibujos, formados y muy quietos entre redobles de
tambores y trompetas, listos para iniciar el asalto. Estábamos
aterrados; quien lo niegue, miente. Habían construido esca-
las, los elefantes tenían corazas que apenas dejaban asomar
sus pequeños ojos y un gran ariete estaba listo, cubierto por
un tejadillo, para avanzar contra la Puerta del Embudo.

Cuando los cartagineses parecían listos para empezar el asalto, As-
tere llegó corriendo con la larga trenza rebotando contra su cintura.

—¡Olinco! ¡Ven, acompáñame!

Corrió tras ella hasta la plaza y debajo de la morera lo recibieron las
Cuatro Voces con rostros lúgubres.

—Hemos decidido rendirnos —anunció Zoane—. Las fuerzas de
Aníbal nos derrotarán sin lugar a dudas y sacrificarnos es inútil. Salvo
vosotros y otras hermandades, no ha habido una rebelión masiva en
Vetonia como deseábamos. No ha aparecido ningún ejército que los
ataque desde fuera, apenas algunas bandas, y aunque se esté formando
ya sería demasiado tarde. Hemos perdido la confianza en los acuerdos
de defensa, no podemos contar con ellos. Y queremos que seas tú el que
vaya a pactar con Aníbal.

—¿Yo? ¿Por qué?

—Hablaste muy bien en la asamblea y en otros momentos. Eres
buen orador, dialogante y calmado. Opinas, como nosotros, que es una
locura continuar con esto. Dile que dejaremos que sus tropas entren en
la ciudad, que puede hacer lo que quiera, con dos requisitos: que respete
nuestras vidas y que sus hombres no toquen a las mujeres.

Olinco apretó los dientes y asintió. Se acordó del Grajo, de los cuer-
vos picoteando los cadáveres abandonados en la pradera, y se preguntó
si, cuando estuviera delante de Aníbal, podría contener su impulso de
intentar matarlo.

Salió corriendo a buscar a su yegua, pero Astere lo detuvo.

—Espero que tengas mucha suerte. Sé que no tienes miedo, pero, por
favor, no te dejes provocar e intenta no desatar su furia.

Olinco miró al suelo. Sintió la necesidad de expresarle sus sentimien-
tos, aunque no sabía bien cómo hacerlo.

—No sé qué pasará, quizá Aníbal acepte y todo salga bien, se limite a saquear el castro, se lleve trescientos jóvenes y la plata y nos deje en paz. Pero también puede que me mande cortar la cabeza y siga adelante con el asalto. Astere… Cada momento contigo ha sido increíble. Siento como si nos conociéramos desde siempre.

La cogió de las manos. Astere lo miró directamente a los ojos y le sonrió.

—Prométeme que tendrás cuidado.

Olinco se quitó el brazalete de su hombro.

—Toma. —Se lo puso en el brazo y lo apretó para que se ajustara—. Era de mi padre, está bendecido por los druidas herreros de Elvia, hecho con las vetas sagradas de la montaña. Es el único recuerdo que me queda de él, pues la espada la perdí en el combate de ayer.

Ella se quitó el collar de cuentas que llevaba al cuello.

—Toma mi collar, te dará suerte. ¡Viene del mar de Lusitania, traído por comerciantes de países lejanos! Mira, tiene cuentas de conchas, vidrio, cerámica, bronce, hueso y piedra.

Astere le pasó el cordel por el cuello para anudárselo detrás. Vestía una túnica de piel de cordero, suave y cálida, y él la ciñó por la cintura. Se besaron en los labios con dulzura. Olinco se separó lentamente. Ella era todo lo que deseaba en ese momento, pero debía actuar antes de que fuera demasiado tarde. No había tiempo que perder.

—Señor, sale un emisario de la ciudad portando bandera blanca.

Aníbal descansaba tumbado en su mecedora y veía cómo la tela de su tienda se hinchaba con el viento. Sus sirvientes le habían atado la coraza al pecho y se disponía a beber un último vaso de vino antes de salir a iniciar el combate. Habían tardado tanto que empezaba a dudar de si se rendirían, pero al final sus planes se habían cumplido. «La mejor batalla es la que se gana sin luchar», pensó contento. Sintió cómo su ego celebraba su predicción y estrategia y luego se culpó por ello. Un general orgulloso es un general débil.

—¿Ordeno que te quiten la coraza, mi señor? —sugirió Sosylos.

—No, es mejor que me vea así. Escucha todo y observa su rostro.

Aunque el anciano esclavo espartano empezaba a ver mal de cerca, Aníbal confiaba en su increíble capacidad para desentrañar a los hombres y sus intenciones ocultas e, incluso, inconscientes.

—Señor, ya está aquí el emisario —anunció el capitán de su guardia personal.

Hizo un gesto y sus hombres apartaron las telas abriendo el paso. El enviado era un hombre alto, delgado, de mirada orgullosa y triste, con ojeras y barba incipiente. La cara misma de la derrota. Debía tener más o menos su edad, y también su orgullo. Le resultaba raro encontrar quien lo mirara a los ojos como a un igual y si le sucedía entre los suyos sentía deseos de castigarlo, pero entre bárbaros lo veía de lo más natural y hasta le gustaba. «¿Será consciente del dolor que podría causarle con una sola orden?». No llevaba armas, sus hombres se las habían retirado al entrar. Le hizo un gesto y se sentó en el taburete, a poca distancia de él.

—Habla, vetón.

Banón tradujo.

—Hemos comprobado que no es posible vencerte, Aníbal, y preferimos rendirnos antes de que muera más gente inútilmente.

Observó con atención al helmántiko que tenía delante. Habían intentado engañarlo y era desconfiado por naturaleza.

El bárbaro siguió hablando y Banón tradujo.

—Aceptamos las condiciones de entregar trescientos talentos de plata y trescientos rehenes.

—No, eso era antes de que intentarais engañarme. Ahora quiero que salgáis portando solo vuestra ropa, sin armas. Nosotros saquearemos y nos llevaremos a los jóvenes varones que creamos conveniente para engrosar nuestra tropa. Si no aceptáis, entraremos a sangre y fuego, quemaremos la ciudad, esclavizaremos a los que sobrevivan y escupiremos sobre vuestros dioses.

—Está bien, nos rendiremos con dos condiciones. Respetaréis nuestras vidas y no tocaréis a nuestras mujeres. A ninguna.

—Así será —dijo Aníbal magnánimo.

Sabía que intentar un asalto, aunque fuera por el lado norte, sería sangriento para las dos partes. Sus hombres podrían esperar un poco para saciar sus bajos instintos.

El bárbaro habló, y por el titubeo de Banón supo que no eran palabras dulces.

—Traduce.

Banón lo hizo sin atreverse a mirarlo a los ojos.

—Que los dioses sean testigos de nuestro pacto. Si lo incumplís, ningún pueblo en toda Celtiberia se rendirá ni creerá vuestra palabra y todos resistirán hasta el final, pues no sabrán si decís verdad o mentira.

Aníbal contuvo una sonrisa. ¡Le daban lecciones de sinceridad aquellos que habían intentado huir en la noche, engañándole! Lo miraba a los ojos, pero sin altivez ni agresividad. Ese hombre no tenía miedo ni esperanza.

—Dile que acepto el trato. Pero que si vuelven a engañarme no habrá compasión: proporcionaré tanto dolor como me sea posible. A él y a sus seres queridos. Nadie quedará vivo en la ciudad si intentan burlarme.

El bárbaro escuchó la traducción sin pestañear y luego asintió. Lo despidió y, satisfecho, se giró hacia Sosylos, que sentado tras él había contemplado todo en silencio. Su esclavo espartano, que había sido su preceptor desde que era niño, ahora lo acompañaba en las campañas y escribía las crónicas de sus conquistas y saqueos. Los cartagineses no eran bárbaros, y al menos él quería hacer las cosas bien. Como Alejandro Magno, conseguiría que la historia hablara de sus capacidades y victorias durante generaciones gracias a la fina pluma de su antiguo maestro.

—¿Qué has escrito, Sosylos?

El anciano carraspeó y cuando parecía que arrancaba a hablar, tosió con fuerza durante un rato eterno. «Está mayor para ser llevado de aquí para allá», pensó Aníbal, comenzando a impacientarse. Al fin, empezó con una voz temblorosa que amenazaba con sumergirse en nuevas toses.

—Ani Baal, el que cuenta con el favor de Baal, Barca el Rayo, con veintiséis primaveras, en el año…

—Resume, Sosylos, a ninguno de los dos nos sobra tiempo.

El viejo carraspeó y retomó:

—…llegó hasta el río Salmatia dispuesto a someter a Helmántika, ciudad grande de la Celtiberia. Desbarató al ejército enemigo, que lo esperaba en el vado, atacándole por la retaguardia con sus elefantes. Tras poner cerco a la ciudad, sus habitantes llegaron a un pacto de sumisión con la única intención de burlarle y escapar, pero Aníbal se adelantó desde su magnífica sabiduría emboscándoles en la noche y provocando terrible matanza. Poseídos por el espíritu de la derrota, los habitantes se rindieron y entregaron todo lo que tenían a cambio de su libertad y suplicando que no se tocara a sus mujeres. Aníbal el magnánimo aceptó y cumplió lo prometido.

Aníbal sonrió satisfecho. Helmántika estaba ganada y la última resistencia vetona, definitivamente sometida a sus deseos.

—Muy bien, Sosylos. Deberías mirarte esa tos.

—Mi señor debería darme permiso para volver al benigno clima de Cartago —respondió con sorna.

—Ya veremos. Y bien, ¿qué opinas?

—Como tú pensabas, mi señor, vienen a pedir la rendición. Tu inteligencia me confunde. ¿Cómo puede ser que supieras que conseguirías la paz ordenando un ataque?

—Mi padre me dijo: «Cuando cerques a un enemigo, enséñale que existe una posibilidad de salvación y hazle comprender que hay una solución diferente de la muerte. Después, atácalo».

—Amílcar era un general sabio, quizá el que mejor sabía aplicar el arte de la guerra de su época, que también es la mía. Pero tú sabes encontrar la verdad en sus palabras y su justo uso a cada momento, mi señor.

—¿Crees que me intentan burlar otra vez, Sosylos?

—No, Aníbal, este hombre es sincero. Tiene mirada orgullosa, su armadura está abollada y sus armas melladas de la lucha. Y, sin embargo, viene y agacha la cabeza ante ti. Has ganado la partida, mi señor. Pero creo que deberíamos volvernos con el triunfo a Qart Hadasht antes de que las tribus se alíen y nos ataquen desde todos lados. No es prudente seguir internándonos en la Celtiberia después de haber golpeado el avispero. Como decía Amílcar, tu padre, que Baal lo acoja en su seno, «acorralar a un enemigo derrotado es el acto más temerario de todos los que un general puede acometer».

«El peligro es cierto, pero debo arriesgar», pensó. Seis años atrás se había establecido un tratado con Roma que fijaba el límite de las respectivas zonas de influencia en el río Ebro, pero el poder de Cartago había aumentado con rapidez y esos límites contenían su expansión y protegían a Roma. Había que aprovechar y destruir al eterno enemigo y apoderarse así de todo el Mediterráneo occidental y, después, del mundo. Sin embargo, los aristócratas de Cartago, comerciantes conservadores y avaros, desconfiaban del camino de la guerra tras sufrir terribles derrotas en el pasado, en las que solo la maestría militar de Amílcar los había salvado de la destrucción total. «Si quiero convencer al Consejo de los Cien de que me dejen un gran ejército para llevar la guerra a la península itálica, debo demostrarles que soy capaz de todo. Debo desafiar a las tribus que todos creen indomables, penetrar en el centro mismo de la Celtiberia y someter o arrasar las más importantes ciudades. Así verán que los límites que frenaban a mi padre para mí son retos superables, y me concederán ese gran ejército».

—El que se hace temer por sus vecinos lo logra haciéndoles daño. También lo decía mi padre.

—Él nunca cometería la imprudencia de internarse aún más en la Celtiberia sabiendo que una gran alianza se puede fraguar en cualquier momento, rodeándolo.

—Si los celtíberos son derrotados en su terreno, el Consejo no dudará en entregarme el grueso de las tropas en la península ibérica para mi plan de llevar la guerra hasta el corazón de Roma, pues hasta las indomables tribus de las montañas y selvas de la Celtiberia temerán mi ira mientras lamen sus heridas.

—Amílcar nunca se atrevió a enfrentar a la Celtiberia. De hecho, hubiera considerado una locura llegar hasta aquí.

—Me irritas, Sosylos, hasta lo indecible. Ya no soy un niño —dijo conteniendo la ira que subía por su pecho.

—Aún tienes mucho que aprender si pretendes…

—¡Calla!

Durante unos segundos anduvo por la tienda a grandes zancadas. Por su culpa, el sabor del éxito había dado paso a la ira y a la duda. «Es viejo y tiene una mente rígida, no es capaz de ver mi capacidad estratégica». Él debía arriesgarlo todo si quería ese ejército. Decidió ignorarlo por toda respuesta, pues las conversaciones con el sabio anciano solían ser interminables y podían sacarle totalmente de sus casillas.

—¡Que venga Majal!

El díscolo jefe de los mercenarios iberos se presentó ante él con la calma de siempre. Sus espías le decían que los iberos lo cuestionaban por su juventud; no gustaban de ser gobernados por un joven solo por ser el hijo de Amílcar. Debía enseñarles que él era Amílcar reencarnado, que vieran la furia y la decisión en sus ojos y la efectividad certera e increíble de sus actos. Por supuesto, él era mejor que su padre, mejor que Asdrúbal, mejor que cualquier general romano, y comparable al gran Alejandro, pero los estúpidos iberos confundían la grandeza con el orgullo y cuando se sentían seguros en sus hogueras susurraban que era un engreído. Los cartagineses lo conocían bien: había comandado tropas desde hacía ocho años y todos habían visto su terrible eficacia estratégica. Muchos soldados lo consideraban la reencarnación de su padre y estaban dispuestos a ir con él dejando atrás todo lo que amaban hasta el corazón de Roma, y destruirla o morir en el intento.

Pero necesitaba las tropas iberas.

Debía empezar por el principio, hacerse respetar mínimamente. Estos iberos eran duros de pelar, buenos guerreros, pero ingobernables y desconfiados. Si quería utilizarlos en su futura guerra contra Roma debía domarlos cuanto antes.

—Escoltarás al enviado hasta la ciudad con tus tropas en formación y harás dos filas de soldados por entre las que desfilarán los rendidos al salir. Nada de tocar a las mujeres y nada de insultos, no vayamos a estropearlo al final. Luego los vigilarás mientras nosotros saqueamos la ciudad.

—¿Y nosotros qué? Mis hombres no se lo van a tomar a bien.

—¡Ya te he dicho que esto no es una cofradía de saqueadores! Somos un ejército profesional y tendréis vuestra parte del botín en otra ocasión.

—Pero, Aníbal…

—Yo soy el general y decido. En el próximo saqueo recibiréis lo vuestro. El saqueo es un regalo que concedo, no un derecho. ¡Debes obedecer!

—Y tú no debes olvidar que nos necesitas —dijo el mercenario con una mueca amarga que liberó un destello dorado de sus dientes de oro. Luego se retiró con una leve inclinación que poco tenía de sumisa.

—Tengo los músculos agarrotados, yo creo que no va a venir.

—Debes tener la paciencia de la araña… Quizá no venga, pero esta es la mejor manera de cazarlo. Esperaremos hasta el anochecer.

—Yo creo que…

—¡Espera! —le cortó Olinco.

El crujido de una rama hizo que un escalofrío recorriera la espina dorsal del joven. Al poco tiempo, una mancha marrón apareció por el sendero. Era tan grande que se preguntó si no estarían situados demasiado abajo en los árboles, pero ahora era una locura moverse y confió en el criterio de Olinco. El gran oso anduvo hacia ellos y los dos alzaron lentamente las lanzas. Cuando se disponían a descargar el golpe, el animal se detuvo. Miró a los lados y olisqueó el aire, desconfiado. Luego, levantó la cabeza y miró fijamente a Dolio. Se levantó sobre sus patas traseras y de un empellón sacudió con fuerza el árbol. El chico soltó la lanza, que cayó clavándose en el suelo de tierra, mientras se agarraba al roble que se balanceaba cada vez más. Oyó los gritos de Olinco y el gruñido atronador de la fiera, pero no vio nada, el mundo entero se balanceaba de un lado a otro. Una vez se detuvo el movimiento, alzó la vista justo a tiempo para ver al oso perderse corriendo entre la espesura. Olinco bajó de su tronco maldiciendo.

—Bueno, al menos he golpeado bien.

Dolio abrió las manos atenazadas a las ramas del roble y bajó con cuidado. Desclavó su lanza con algo de vergüenza e iba a correr a por los caballos, pero se frenó en seco. Vio atónito como Olinco se sentaba sobre una piedra, sacaba su puñal y se ponía a tallar un trozo de madera.

—¿No vamos a perseguirlo?

—Siéntate. Si ahora vamos tras él, nos oirá y hará lo posible por huir lejos. Pero si no nos siente buscará un lugar para descansar, y allí, no muy lejos, se desangrará y podremos conseguir su piel. Es listo, mira cómo ha sentido que estábamos esperándolo. Es muy listo el maldito. Le golpeé bien, creo que lo encontraremos muerto. Siéntate y te contaré el final de la historia.

Dolio obedeció con rapidez, todavía alterado por el enfrentamiento al que había sobrevivido, no le cabía duda, gracias a Olinco. Sus palabras calmadas lo terminaron de relajar.

—Banón el intérprete me acompañó para traducir las exigencias de Aníbal. Los hombres de Majal me escoltaron hasta la puerta de Helman e hicieron un pasillo para que salieran los helmántikos. A los hombres los registraban al salir y les quitaban todo lo que llevaban encima, pero a las mujeres no las tocaron, cumpliendo escrupulosamente el pacto. Luego nos reunieron en la orilla del río en dos grupos. Las tropas de Aníbal entraron aullando en el castro y desde abajo oíamos cómo registraban y saqueaban la ciudad. A nuestro lado, los mercenarios iberos se mostraban cada vez más enfadados. Los oíamos discutir entre ellos y, como algunos de entre nosotros hablaban su idioma, entendimos que estaban molestos por tener que guardarnos en vez de participar del saqueo. El hombre de la dentadura de oro recibía todas las críticas con cara estoica. Mientras, Aníbal, montado en uno de los elefantes, subía la cuesta rodeado de su séquito cercano. Todos lo aclamaban y no parecía estar atento nada más que a su triunfo, de modo que Majal dio al final permiso a la mitad de sus hombres para que se unieran al saqueo y estos corrieron alegres por la cuesta arriba, hacia la Puerta de Helman.

Los Cabritos, desarmados, estaban mezclados con los varones helmántikos, agrupados todos en las orillas arenosas del Salmatia. Los rodeaban soldados cartagineses e iberos, que apenas les prestaban atención, y cuando lo hacían sus miradas estaban cargadas de desdén. Olinco estaba sentado y cogía arena para dejarla escapar por entre sus dedos, triste e inquieto. Se sentía desnudo sin sus armas y tan derrotado como cuando habían incinerado al Grajo. «Nada ha valido la pena. Todas las muertes han sido inútiles, jamás teníamos que haber salido de Everóbriga». Divisaba la cabeza de Astere al otro lado de la fila de iberos, en el grupo de mujeres, pero ella no parecía acordarse de él. ¿Por qué no lo miraba? Estaba muy atenta al grueso del ejército enemigo, que subía en desordenada masa a la puerta sur. El elefante sobre el que iba Aníbal encabezaba la entrada, rodeado de estandartes, trompetas y un séquito con túnicas coloridas y largas barbas. Detrás de él, los soldados cartagineses se empujaban unos a otros en la empinada cuesta para ser los primeros en entrar al castro a saquear y los oficiales daban voces y latigazos para evitar peleas y mantener el orden. Astere intercambiaba cada poco tiempo disimuladas palabras con las que tenía al lado y no parecía desanimada, sino inquieta y expectante.

—No entiendo qué les pasa, ya no hay nada que hacer —le susurró Tancino con extrañeza.

Efectivamente, los hombres helmántikos, igual que sus mujeres, parecían presas de una expectación que los mantenía tensos con la boca medio abierta, hablando con palabras cortas e intensas, y daban la impresión de contener sus ganas de ponerse de pie.

—Nada, salvo esperar que los cartagineses cumplan su palabra y nos dejen libres. —Olinco tuvo que hacer un esfuerzo para responder. Solo tenía ganas de morirse.

—*Todo ha sido inútil* —*le recriminó el turgalio*—. *No nos teníamos que haber quedado dentro de la ciudad, nos has arrastrado a la derrota.*

Olinco iba a contestar, pero descubrió que se hallaba sin fuerzas. Quizá tenía razón. Desde luego, nadie rebatía al muchacho. Un silencio derrotista dominaba a los Cabritos.

De repente, oyó gritos al otro lado de los guardias, en el grupo de mujeres. ¡Estaban atacando a los iberos! Se pusieron de pie de un salto. Olinco vio el brillo de puñales cayendo aquí y allá y la fila de guardianes deshaciéndose. ¡Las mujeres habían ocultado las armas bajo la ropa! Intentó acercarse a Astere, pero una balumba de gente se hallaba entre los dos y a su alrededor los hombres empujaban para reunirse con ellas y conseguir armas. Pudo ver cómo Astere arrebató la lanza a Banón el intérprete, que estaba sentado en su caballo contemplando todo, paralizado aún. No intentó enfrentarse a ella ni recuperar su arma, sino que azuzó a su caballo. Aun así, Astere tuvo tiempo de clavársela de una rápida estocada, pero con poca fuerza, y no penetró más que la punta. Banón huyó al galope y la lanza cayó al suelo. En la cuesta y en la puerta de Helman se había formado un gran griterío, pero ni siquiera Aníbal, a lomos de su elefante, parecía ser consciente de lo que pasaba allí abajo. Corrieron hacia la cuesta y atacaron a los hombres del ejército de Aníbal por la espalda. Ellos, que estaban relajados pensando en el botín y dando la victoria por segura, no tenían ánimos de combatir y huían o se defendían retrocediendo, y sus espaldas empujaban a los que detrás de ellos intentaban bajar a luchar. Mientras, Aníbal vociferaba y gesticulaba órdenes impotente desde el lomo de su elefante. Los que ya habían entrado a Helmántika no podían salir porque el enorme animal atascaba la puerta y rozaba con su gran testa el arco. Las fauces abiertas de Helman, que enmarcaban todo el portón, se movían con el roce de la cabeza del animal y amenazaban con caer sobre él y sobre Aníbal. La bestia barritaba nerviosa; sobre su lomo, Aníbal se giraba a un lado y a otro dando órdenes y gesticulando.

Olinco corrió hacia Astere, pero ella se había perdido entre el gentío y solo encontró la lanza que había arrojado a Banón tirada en el polvo. Oyó un breve silbido y sintió un vibrante aguijonazo en su muslo. Una flecha había penetrado en la carne, pero no sentía nada. Al sacarla se quebró y la punta quedó alojada en su pierna. El dolor aparecía lento y palpitante. Apretó los dientes, alzó la mirada y vio cerca de él al de la dentadura de oro, abandonado de sus hombres, con varios cortes poco profundos en su hermosa armadura, defendiéndose a espadazos certeros sin tener a dónde retroceder. A sus pies habían caído dos helmántikos y los que lo acosaban no se atrevían ya a acercársele. Lo rodeó cojeando y con calmado cálculo le arrojó su arma. El jefe ibero lo vio de reojo y se giró alzando la rodela de piel de toro, pero sus dioses lo abandonaron. La lanza no rozó siquiera el escudo y penetró por debajo de una ceja, le atravesó el ojo y le salió por la nuca. El guerrero cayó al suelo con los brazos abiertos. Zoane, el líder helmántiko de afilados bigotes, le seccionó el cuello con una afilada espada, sin duda de las que las mujeres habían ocultado bajo sus ropas, y esta rodó con el casco por la tierra. Alzó la pica, que aún seguía clavada en el ojo, y así ensartada mostró la cabeza de su jefe a los iberos, que huían despavoridos. Olinco se abalanzó sobre el cuerpo. Quitó la espada de la mano muerta, la enfundó en la vaina y se la ató a la cintura. Cuando se alzó vio que de todos lados aparecían las bandas de caballería amiga. Los supervivientes eran recogidos a lomos de caballos mientras los enemigos empezaban a descender y formar en un grupo compacto retomando la iniciativa. Un brazo fuerte se extendió frente a Olinco y se agarró a él para alzarse a la grupa. Miró un segundo al rostro que le sonreía bajo un casco astado. ¡Era el korionos de los uailos!

—*¡Gracias! Habéis llegado en el momento adecuado.*

Mientras huían advirtió que Astere y los suyos eran recogidos por otros jinetes y estuvo a punto de pedir al Uailo que lo llevara con ella, pero luego pensó que quizá no querría verlo. Tenían un plan y no le habían dicho nada… ¡Por eso estaban todos tan inquietos! ¿Por qué no confiaron en él? ¿Les habría decepcionado con su derrotismo tras el entierro del Grajo? «Jamás tenía que haber aceptado ser korionos, no valgo para la guerra, soy demasiado sensible», pensó avergonzado mientras veía a lo lejos, por última vez, a Astere.

El grupo de uailos se internó en un espeso bosque de encinas y Olinco, a medida que disminuía la tensión de la pelea, empezó a sentir de verdad el dolor de su pierna herida. Cuando creyó que ya no podía aguantar más, el korionos de los uailos detuvo bruscamente la cabalgada, y junto a él se detuvieron el resto de jinetes. Lo bajaron entre dos del caballo, y lo tumbaron en una sombra, mientras el korionos introducía en su boca hojas de llantén y las mordisqueaba. Le extrajeron la punta de la flecha con una daga estrecha y afilada. El dolor lo hizo gritar y revolverse, pero lo tenían bien sujeto. Luego, limpiaron la negra sangre de su herida con agua tibia, e introdujeron en ella la pulpa de llantén. Olinco mordía un palo y contenía el grito que pugnaba por brotar de su garganta. De su mente no desaparecía la bella y salvaje Astere, abrazada a otro jinete y desapareciendo en dirección opuesta, con el brazalete que le había regalado en el brazo y su trenza castaña azotando a sus espaldas. Una imagen que lo perseguiría durante largos inviernos.

—Así que al final no se llevaron a los jóvenes, pero saquearon la ciudad.

—Sí, pero mucha plata y joyas habían sido enterradas bajo tierra, y no pudieron hacer gran botín. Aníbal había sido burlado por primera y quizá por última vez en su vida. Hasta la batalla de Zama frente a Escipión, por supuesto.

—¿Y qué pasó después? —le preguntó Dolio apasionado, intentando impedir que se desviara de la historia de Helmántika.

—Los uailos me llevaron a uno de los tesos cubiertos de encinas que rodeaban la ciudad y me curaron. De allí, la mayoría escapamos sin problemas de la furia de Aníbal, pues huíamos en todas direcciones. La caballería númida no daba abasto y debía moverse en un único gran grupo para no verse emboscada en los bosques y cerros. Viajamos hacia el norte y durante semanas acosamos al ejército de Aníbal, que subió hasta Arbocala[41] saqueando cosechas, esclavizando a quienes se le oponían y provocando la furia de todo aquel que encontraba a su paso. Nosotros, durante el asedio a Arbocala, no cejamos en nuestro empeño de combatirlo, y mientras algunos lo acosaban desde fuera, otros recorrimos el país vaceo levantando a las poblaciones, que aquí y allá se decidían a luchar. Se formaban partidas de guerreros en cada poblado.

—¡Al fin! Es increíble. ¿Y la gran coalición consiguió derrotarlo?

—La guerra fue dura y Arbocala resistió con valor, pero fue arrasada antes de que los llegados de toda la Celtiberia se agruparan. La unión se produjo demasiado tarde para los arbocalos, del mismo modo que fue demasiado tarde para los helmánticos. Pero cuando ya volvían a Qart Hadasht, los guerreros de las tribus de la Celtiberia acosaron a los cartagineses día y noche, en la vanguardia y en la retaguardia, e impidieron que les llegara cualquier tipo de apoyo. Sus mercenarios iberos empezaron a desertar y huir mientras que, cada día, nuevas partidas se unían a nosotros. ¡Finalmente se había conseguido la gran unión celtíbera! Aníbal tuvo que huir abandonando buena parte de sus tesoros para poder es-

41 Probablemente, Toro (Zamora).

capar, hasta que se revolvió dando batalla en Talábriga[42]…

—¿Qué pasó allí?

—Sus tropas pasaron el anchuroso río Tajo y parecía que continuaban su huida, pero cuando sus perseguidores empezamos a cruzarlo, se revolvió… y provocó una masacre.

—¡Os derrotó! ¡Pero erais muchos más! ¿Cómo es posible que venciera?

—¡Ja! Eso mismo se pregunta aún todo el mundo veinte inviernos después. ¡Pero vamos allá! —Olinco dio un palmetazo en sus rodillas y se alzó de golpe—. Lo herí en la pata superior, así que ha escapado hacia arriba. En cualquier caso, la herida le hace sangrar profusamente, mira. —Señaló un reguero de sangre que manchaba hierba y hojas—. Estate bien en guardia, ahora puede ser muy peligroso.

Dolio enarboló la lanza de fresno de su padre y lo siguió a poca distancia. Avanzaron por la espesa vegetación abriéndose paso a espadazos y de repente, a muy poca distancia de donde había sucedido la pelea, se lo encontraron. Estaba tumbado sobre helechos que lo ocultaban y no lo vieron hasta casi tropezar con él. No les dio tiempo a reaccionar: en un rápido movimiento golpeó con la zarpa la pierna de Olinco. El viejo cayó de espaldas y perdió su arma, movido como un muñeco por la fuerza descomunal del gran oso pardo. Dolio no pensó nada, solo gritó; alzó la vara de fresno y la hincó con todas sus fuerzas, clavando su aguda punta de hierro en la cabeza del animal. Volcó su peso sobre ella hasta mucho tiempo después de que hubiera dejado de moverse. Cuando volvió en sí, vio que estaba muerto y que Olinco no se movía. Se había golpeado con una piedra y tenía un gran chichón. Las cortantes garras habían rasgado la piel del muslo

42 Talavera de la Reina.

en cuatro profundos surcos. Cortó la manta que llevaba en el caballo y se la pasó por la pierna, apretándola con fuerza hasta que sangró mucho menos, y luego la anudó.

Se sentó un segundo en una roca de granito y pensó deprisa. ¿Qué haría Tancino si estuviera aquí? La herida era profunda y estaban a tres días de camino de la choza donde les esperaba padre, y medio más hasta la aldea. Si tenía suerte, se pararía la hemorragia, pero nada aseguraba que no se infectaran los cortes. Debía actuar deprisa, aunque no hubiera demasiadas posibilidades de salvarlo. Ató firmemente las puntas de dos pequeños troncos y entre ellos entrelazó ramas de brezo hasta formar un lecho. Con gran esfuerzo lo tumbó sobre la parihuela y lo cubrió con las mantas. Luego alzó y ató los otros dos extremos de los maderos a los costados de Zambo para que los arrastrara. Miró durante un segundo al oso inerte, y se lamentó de tener que dejar la piel allí. Pero tenía que salvar a Olinco. Ahora podría avanzar en línea recta en vez de ir buscando el rastro. Solo debía guiar a Zambo de manera que no pasara sobre muchas piedras para que la parihuela no botara demasiado. Miró al cielo y al sol, que ya declinaba. Un águila planeaba sobre ellos sin mover las alas. Recorrería en un momento lo que a ellos les costaría varios días. Suspiró y tiró al fin de las riendas. Los esperaba un largo camino en la oscuridad y sus ojos ya le picaban de sueño, pero no pensaba detenerse hasta salvar a su amigo.

—¡Está despertando! —anunció Dolio.

Olinco, parpadeando con dificultad, se incorporó levemente en el lecho. ¿Dónde estaba? A su alrededor empezó a distinguir las formas familiares de su choza. A su lado estaba el chico, Tancino y... Una mujer se acercó al lecho y le pasó un paño húmedo por la frente. Fijó en ella los ojos y repitió «Astere», recordando así la palabra que había brotado de su boca cuando estaba inconsciente.

—Sigue delirando —dijo Dolio.

—Por fin. Pensé que te perdíamos —susurró ella encendiendo una antorcha en un recóndito y oscuro lugar de su memoria.

¿Estaba soñando? Apretó la mano que ella le ofrecía, la miró a los ojos y supo que todo era real.

—Pero ¿cómo es posible? —habló al fin—. No sigo alucinando, ¿verdad?

Solo podía mirar el rostro envejecido de la dulce muchacha de melena castaña, ahora encanecida. Solo sus ojos color avellana, brillantes de pasión, eran exactamente iguales a sus recuerdos.

—No son alucinaciones, es el destino. Hace ya muchos inviernos que perdí la esperanza de volver a verte. Pero apenas unos días atrás, cuando los primeros Cabritos llegaron a Helmántika para el homenaje, supe al fin de ti, de tu aislamiento y de que Tancino había venido a convencerte para que vinieras.

—Apareció aquí poco después de que os fuerais —intervino Tancino—. Los Cabritos que iban llegando al homenaje en Helmántika se relajaron, bebieron vino y dijeron, un poco indiscretamente, que no era probable que fueras, que te habías aislado del mundo, y se quejaron de que rehuías la compañía de los viejos compañeros de armas. También dijeron que yo había venido a buscarte y por dónde. Pero gracias a su indiscreción ella supo de ti.

—Sí, me decidí a venir ¡para llevarte al homenaje tirándo-te de las barbas si hace falta! Cuando te trajo Dolio ayer me quedé muda del susto. Hemos hecho todo lo posible para salvarte la vida.

—No se ha separado de tu lecho —le dijo Tancino—. Has estado repitiendo su nombre estos cinco días.

—Me siento avergonzado…

Astere hizo un gesto quitándole importancia.

—Tus compañeros no entienden por qué vives aislado desde entonces, pero yo lo sé bien… ¡Cuánto he sufrido sin saber dónde estabas!

—Yo también sentí mucho que no nos hubiéramos encon-trado tras el engaño a Aníbal —respondió y se incorporó en el lecho—. No pude buscarte porque todos nos dedicamos con todas nuestras fuerzas, cada instante, a combatir al inva-sor del mejor modo que sabíamos, no había tiempo para el amor, sino para la guerra. Pero dime, ¿qué te sucedió?

—Los supervivientes de Helmántika nos esparcimos para llamar a la revuelta. Mi padre y yo viajamos hasta el país de los astures y allí muchos pueblos se unieron en un gran ejér-cito. ¡Fue tan bonito! Pero siempre lamenté no volver a verte, porque sabía que necesitabas una aclaración. El asunto es que teníamos que engañar a Aníbal. Era un tipo endiabla-do; siempre parecía que cuando nosotros pensábamos algo él ya tenía la respuesta. Luego se demostró que era mejor que cualquier otro general, derrotando una y otra vez a los romanos en su propio terreno… En ese momento ya intui-mos su genialidad y necesitábamos que creyera en el envia-do. Por eso no podías saber nada, porque hubiera detectado la mentira en tu rostro y en tu voz. Tenía que ser alguien que no fuera del poblado, para que no hubiera estado en la asamblea y no conociera los planes. Eras muy valiente y arrojado, él lo vería, y, a la vez, sabría que estabas hundido tras la muerte de tu amigo el Grajo. ¡Eras perfecto!

—Pensaba que me visteis tan derrotista tras la muerte de mi compañero que no me considerasteis lo suficientemente valiente para confiar en mí.

—¡Claro que no! Es horrible que hayas pensado eso durante todo este tiempo. ¡Al fin! —exclamó *Astere* entre la risa y el llanto, y lo abrazó con fuerza—. No hubo manera de dar contigo. Siempre supe que habías partido de nuestras vidas herido y sin la aclaración que necesitabas.

—¿Pero cómo es posible que no os vierais si los dos seguisteis haciendo la guerra a Aníbal? —interrumpió Dolio asombrado.

—¡Eso era un caos! —dijo Olinco extrañamente recuperado—. A la coalición se sumaron lusitanos, carpetanos, oretanos, incluso bandas de arévacos, turmódigos, cántabros y astures. Todo era confusión en esos días… Tras la precipitada huida de Helmántika, la mayoría de los Cabritos supervivientes no regresamos a casa, sino que viajamos por el país de los vaceos hasta Pintia, Pallantia y hasta Rauda[43] para animarlos a la lucha mientras Aníbal saqueaba Arbocala. Estuve en la batalla de Talábriga, también, con mis compañeros.

—¿Y cómo te fue? —preguntó ella con rostro triste.

—Tuvimos la suerte de dar con un buscador de oro que nos guio hasta la otra orilla. Cuando Aníbal se revolvió volviendo a cruzar con su ejército, nosotros nos hallábamos en un bosquecillo algo alejados del vado. Atacamos la retaguar-

---

43 Respectivamente, Peñafiel (provincia de Valladolid), Palencia y Roa (Burgos).

dia y cuando vimos que no se podía hacer nada, decidimos sobrevivir antes de vernos definitivamente rodeados. Escapamos por muy poco de aquella matanza.

—Es una pena que no nos hayamos encontrado en todo este tiempo.

—Sí, han envejecido nuestros cuerpos, pero somos los mismos.

Olinco calló unos segundos, y luego extendió su mano. Tocó el brazalete que llevaba *Astere*.

—¡Aún lo conservas!

—¡Claro! Y tú mi collar.

—Lo he llevado todo este tiempo.

—Yo no —dijo ella—. Estuve unida a un hombre muchos inviernos, murió este otoño.

—Creo que me estoy mareando…

—Has estado a punto de morir —dijo Tancino—. Pero pronto estarás mejor. Prepararé una infusión de lactuca; debes descansar y dejar que tu cuerpo se cure.

—Dolio, hijo, escucha. ¿Ves esa espada de la chimenea? Descuélgala y átala a tu cintura.

El chico lo miró con cara de asombro, sin entender.

—Pero esta espada…

—Es la espada de Majal, el general ibero de dientes de oro que maté a los pies de Helmántika. Y ahora es tuya.

Dolio la sopesó en sus manos sin saber qué decir. La empuñadura era de marfil tallado con forma de grifo, la vaina tenía damasquinados de oro y plata. Desenvainó con cuidado la falcata, y vio que no tenía mella ni óxido. La hoja curva de buen hierro ibero, el mejor que existía, tenía dibujos geométricos y unos hilos de plata que la recorrían desde la empuñadura hasta la punta, dándole un aspecto terrible y magnífico.

—No, Olinco —exclamó ella con lástima y enfado—, se la darás cuando estés recuperado. Pronto podrás ponerte de pie y…

—Estoy viejo, todavía tengo fiebre. ¿Quién sabe si sobreviviré? ¡Tómala, Dolio!

—¡Pero yo no puedo aceptarla! ¿Padre?

—Es tuya, hijo. Eres un guerrero, lo has demostrado. Lucharás por nuestra libertad con honor, cuando llegue el momento, y lo harás con un arma excepcional.

—Has salvado mi vida, espero que esta espada salve la tuya alguna vez —dijo Olinco con ojos acuosos, dándole un cachete en la mejilla—. No tuve hijos, y tu Dolio es lo más parecido —dijo mirando a Tancino.

Astere le dio de beber la infusión y pronto volvió a caer en un pesado sueño febril del que ya nunca despertaría. Ataecina quiso llevárselo esa misma noche al mundo de los espíritus. Dolio conservó toda su vida la espada y combatió con ella a los romanos, hasta que en su vejez la legó a su hijo, un joven pastor llamado Viriato.

Pero esa es otra historia.

ÍNDICE

Entre rejas — **9**

El despertar de Jian Gao — **87**

Aníbal en Helmantika — **141**

Entre rejas. Y otros episodios antiautoritarios,
cuarta referencia de la colección
Literatura Incendiaria,
se terminó de imprimir a principios de Noviembre de 2024. Cien años antes, miembros de la CNT cruzaban la frontera desde Francia hasta Bera de Bidasoa para derrocar a Primo de Rivera. Paralelamente, en Barcelona se intentaba asaltar el cuartel de Atarazanas. Desgraciadamente, ambos intentos fueron abortados tras largos tiroteos por las autoridades.